La luz en la vida
Esta historia es mía

Para Sergio, para que reflexiones y te haga pensar, pero sobre todo, para que te haga llegar ese mensaje sobre la vida.

Enjoy your irish experience.

Alfo

La luz en la vida

Esta historia es mía

Alfredo Falceto Jarillo

opera **prima**

Primera edición,
junio de 2015

Obra coordinada por
opera prima

C/ Vergara 6, 1º A, 28013 - Madrid
Tels. 91 559 29 49 / 55 22
edicionpersonal@edicionpersonal.com
www.edicionpersonal.com

Diseño de cubierta e interiores: Fernando de Santiago

ISBN: 978-84-9946-376-6
Depósito legal: M-18266-2015

Impreso en España

A mi familia

Capítulo 1

Bienvenido

Yo estaba ahí, no sabía cómo había llegado, ni cuándo, pero sentía que estaba ahí. Miles de voces recorrían el aire intentando decirme adónde debía ir, pero ninguna era conocida. De repente, una fuerte explosión sacudió mi cabeza, todo se movía, apenas podía oír nada, sólo un silbido constante que bloqueaba cualquier otro sonido. Otra de las personas que estaban a mi alrededor me decía que tenía que seguir adelante, que yo lideraba esta misión. Y entonces todo volvió a cobrar sentido.

Mi pelotón intentaba llegar a una de las zonas altas de Bangkok, nuestra guerra se desarrollaba ahí. Unas viejas oficinas de lo que parecía ser alguna antigua empresa multinacional de exportación de neumáticos, todos los informes indicaban eso. El edificio era de gran tamaño —cinco plantas de altura y un perímetro de tres campos de fútbol juntos—, una tonalidad lúgubre cubría como un manto toda la fachada, lo que le proporcionaba un aspecto más sospechoso aún. Se podía ver claramente que algunas ventanas estaban rotas, pero curiosamente las de la última planta estaban tapadas con maderas y cartones. A pesar de eso se vislumbraba un ligero atisbo de luz entre las rendijas.

Mi pelotón y yo nos encontrábamos a la espera de órdenes, yo le solicitaba a mi capitán que nos diese luz verde, pero él me repetía que estaba terminando de comprobar que todos los equipos estuviesen coordinados. De repente, una serie de gritos femeninos se alzaron sobre todos nuestros cuchicheos, medio pelotón alzó la vista a la quinta planta del edificio mientras el otro medio comprobaba el armamento. Entonces sonaron disparos y los gritos cesaron. Mi capitán nos dio la orden:

—¡Adelante, adelante!

Cuando empecé a moverme todos mis músculos se sentían mucho más ligeros, me sentía más vivo y fuerte. Mis compañeros se quedaban atrás mientas yo subía las escaleras y controlaba que estuviesen despejadas. Otro zumbido me hizo temblar, más voces empezaron a sonar por mi cabeza, no sabía qué querían decir, el zumbido retumbó otra vez y anuló todos mis sentidos. Desconcertado, casi caigo por el hueco de las escaleras, pero conseguí agarrarme fuertemente a la barandilla. Mi pelotón me alcanzó en las escaleras que ascendían de la tercera a la cuarta planta.

Me dijeron: «Arriba, que es tu turno», y empecé a correr. Las escaleras subían hasta la quinta planta, donde se encontraba una puerta que según los planos se conectaba con una gran sala vacía. Me giré hacia uno de mis compañeros, al que apenas reconocí, ya que con la poca luz y la confusión no podía verle bien. Intenté mirarle fijamente, pero mi cabeza no conseguía ponerle cara. Entonces le dije que pasase la cámara espía por debajo de la puerta con mucho cuidado de no golpear la lente. Siguió la orden y logró una imagen limpia en la pequeña pantalla LCD. Sólo se veía una sala vacía, las columnas que soportaban el edificio, un par de hombres armados y al fondo un contenedor con un candado cerrado.

Nos situamos todos a los lados de la puerta y dije: «Sólo abrid la puerta», entonces el pomo se giró y entré. Los dos hombres armados me vieron, pero yo era demasiado rápido. Intentaron retroceder, pero cuando dieron el segundo paso ya tenía a uno de ellos agarrado por el cuello, y mientras le levantaba el otro me empezaba a intentar apuntar con su AK-47. Entonces, con el hombre agarrado y levantado por el cuello, orienté su cuerpo hacia donde estaba el otro. Cuando éste disparó sus balazos sólo encontraron la espalda de su compañero. Mientras sujetaba el cuerpo, di una patada en el estómago al cadáver con la pierna derecha, lo que hizo que el cuerpo inerte saliese volando e impactase con el del hombre que intentó dispararme, pero antes de que éste cayese al suelo por el impacto del cuerpo muerto de su compañero, yo ya me había colocado detrás de él y le había inmovilizado un brazo. Le pregunté dónde estaba la llave para abrir el contenedor e intentó darme un cabezazo, pero antes de que su cabeza chocase con la mía ya le había roto el brazo. No quería contestar, así que le inmovilicé y fui a abrir el contenedor. Agarré una barra de hierro e intenté hacer palanca, mis músculos se tensaron, pero no sentía cansancio ni el fondo de mi fuerza, así que seguí tirando hasta que un estridente *clank* retumbó en la sala.

Las puertas del contenedor se abrieron y justo cuando empezó a salir gente pude ver que una de esas personas era mi esposa. Fui a tenderle la mano cuando un impacto muy fuerte me sacudió el torso: era el hombre al que había inmovilizado. No sé cómo había conseguido zafarse de las ataduras, pero noté que parecía más grande de lo que creí en un principio. El golpe contra mi cuerpo no me hizo daño, sólo sentí un impacto fuerte. Después de arrastrarme unos metros chocamos contra una de las ventanas que estaba tapada con una madera; volvió a intentar empujarme y le asesté un enorme puñetazo en la boca del estómago dejándolo seco en el sitio, arrodillado. Sin saber cómo, estaba otra vez de pie antes de que yo hubiera terminado de recoger el puño.

Vi a sus espaldas que mi mujer había salido del contenedor e intentaba ayudar a salir a las demás mujeres Mi esposa parecía que brillaba con luz propia. Un fuerte golpe me hizo retroceder de nuevo, tenía la espalda apoyada en los tablones de madera, la presión la hacía crujir. Tenía las manos listas para coger al tipo por el cuello, pero de nuevo algo sacudió mi cabeza, no podía dejar de oír las voces, no sabía qué era.

Mientras mi cerebro sentía el zumbido, el silbido constante, oía las voces susurrándome al oído, como si alguien me contara un secreto. Mis ojos veían la oscuridad en la cara del hombre que intentaba tirarme por la ventana, las maderas terminaron de crujir y entonces en mi espalda sentí el vacío. A pesar de sentir la enorme desorientación que me causaba el ruido constante que taponaba cualquier otro sonido, conseguí agarrar al hombre de la camisa y tropecé con el borde de la pared que daba paso a la caída por la ventana, pero no me iría solo.

En plena caída cada vez conseguía ver un poco más la cara del tipo. El silbido y el zumbido hacían que no pudiese sentir el aire golpeando mi espalda y mi cabello. Sabía que éste golpeaba porque veía cómo el pelo del hombre que caía conmigo se movía. Otro zumbido sacudió todo mi cerebro a la vez que un golpe de aire terminó de quitarle al tipo el pelo de la cara.

Entonces fue cuando más desconcertado me sentí, en plena caída, entre el silbido y los zumbidos que movían todo mi entorno, y el hombre que tenía delante se descubrió su rostro cuando apenas quedaban cinco metros para impactar contra el suelo. Le vi la cara y mis ojos quedaron abiertos igual que cuando sufres una fuerte sorpresa: era yo mismo, mis ojos me veían a mí mismo, yo era quien me había empujado. Entonces, justo antes de sentir el golpe contra el suelo, realmente mis ojos se abrieron y lo único que vi fue la cara de mi preciosa novia mirándome y diciéndome que había que despertar.

Todo esto había sido un sueño y era ella la que me intentaba despertar, la que me besaba y me decía al oído que había que despertar.

Capítulo 2

Todo tiene un comienzo

Despertando todo iba cobrando sentido, o por lo menos eso creía, ya que mis ojos entendían lo que veían, pero lo difícil era diferenciar lo que veía de lo que todavía podía seguir siendo un sueño. A veces, sin darte cuenta, cierras los ojos y estás en un sueño, todo ha ocurrido en un parpadeo y has pasado de estar viendo lo que realmente hay al otro lado, a ver lo que tu cabeza ha recreado.

De repente, una imagen de mi chica aparecía en mi cabeza, en una fracción de segundo, y luego me encontraba en otro entorno hablando con varias personas. Todo era muy confuso y no estaba seguro de poder distinguir lo que era el sueño de lo que era realidad.

Mientras intentaba abrir los ojos conseguí ver algo por una pequeña rendija entre mis párpados, pude verla, y fue curioso. A pesar de estar prácticamente dormido, sentí todo con claridad. El sentimiento era el mismo que tienes cuando estás a punto de completar un *puzzle* y tu cerebro fija mentalmente dónde deben estar todas las piezas colocadas. Lo hace tu cabeza sin que tengas que pensar, y esa mañana, al igual que otras muchas, me ocurrió lo mismo. Al verla fue como si mi cerebro supiese cómo tenía que ir colocándose todo en mi cabeza y entonces empezó a aflorar ese sentimiento.

Lo primero que sentí al despertarme fue amor hacia la persona que tenía delante, mi chica. En ese momento sólo existíamos los dos. Mientras me estiraba mi cuerpo se desentumecía y sentía ese cosquilleo que recorrió todo mi ser, empezando por la nuca, siguiendo por la columna hasta donde la espalda pierde el nombre y finalizando en el despliegue de todos los músculos al estirarse.

Ella seguía medio dormida, así que busqué lentamente con el pie derecho el fin de la sábana para poder ponerme en pie, todo muy sigilosamente para no despertarla más. Fui caminando con cuidado de no tropezar con nada, ya que la luz estaba apagada y apenas había visibilidad, pero llevar tiempo en el hogar hace que te puedas desenvolver incluso con una luz muy tenue.

Caminando con cautela conseguí llegar al baño y, como todos los días, tuve un pequeño momento de reflexión.

Cuando me miré al espejo vi lo mismo que todos los días. Mi aspecto ya no era el del niño que gradualmente vi crecer. Cuando eres pequeño te miras al espejo y ves a un niño, te reconoces, haces algunos gestos para ver tus expresiones, el tiempo parece que pasa más despacio, gotea como la miel cayendo del borde de un tarro. Pero cuando te haces más mayor esa miel parece que se convierte en agua y muchas veces ni te da tiempo a contar las gotas que han caído.

Cuando eres niño piensas que hay tiempo para todo, el tiempo siempre mide y medirá lo mismo, un segundo siempre es un segundo, pero según creces te das cuenta de que tu percepción acerca de éste cambia, y según clavas la mirada en los ojos reflejados en el espejo vas viendo cómo todo a tu alrededor se erosiona y se modifica: la mirada, la curva formada por una pequeña sonrisa que se acentúa más sobre tu mejilla, las arrugas del ceño fruncido que cuando eres pequeño no existen porque prácticamente nada te hace adoptar esa expresión delatan más tu carácter y estado cuando te haces adulto.

Con el paso del tiempo las cosas cambian y uno se hace mayor, es inevitable, es cierto, puede que a nadie le guste, pero es así. Puedes quedarte quieto, puedes intentar no aparentarlo e incluso puedes decir a todo el mundo que eres más joven de lo que realmente eres. Interiormente tú sabes la edad que tienes y sabes cuán mayor eres, pero eso es precisamente lo que define el tiempo, el diferenciar un pasado de un presente y de un futuro.

Pensamientos sobre el tiempo, eso es lo que recorría mi cabeza cuando me miraba en el espejo, pero en otro de esos fugaces parpadeos abrí los ojos y me encontré nuevamente en la cama. Miré el reloj de la mesilla de noche, seis y media de la mañana, todavía seguía en la cama, no sé en qué momento me había vuelto a quedar dormido, era muy pronto y me costaba muchísimo mantenerme despierto. Directamente me quité la sábana de encima y me puse de pie, pues lo último que recordaba antes de haberme quedado dormido era el momento en el que buscaba el fin de la sábana con el pie. Después de eso, aún tumbado recordé que intenté pensar en los pasos que tenía que dar para llegar al baño y eso fue lo que hizo que me quedase dormido, el pensar mis próximos pasos. Así que esta vez directamente lo que hice fue ponerme en pie, me costaba mantener la espalda recta del sueño que tenía, pero poco a poco los ojos se abren más y uno se despierta.

Según sentía ese despertar interno, la preparación de mi cuerpo se veía más plena para poder realizar cualquier cosa. Me conocía y sabía que sería el cerebro el que más tardaría en despertar, estaba claro que podía pensar con claridad, pero uno sabe cuándo está completamente despierto, y lo nota porque es justo en el momento en el que no piensa en el sueño que tiene, y yo en ese preciso instante sabía que esa idea de dormir todavía rondaba por mi cabeza.

Caminé lentamente hacia el lavabo con los ojos entrecerrados, paso a paso, ya que me costaba ver, mis ojos no se querían abrir aún. Tuve que mojarme un par de veces la cara y esperar otros cinco minutos con los ojos abiertos mientras observaba en el reflejo del espejo cada rincón del cuarto de baño para no quedarme dormido. Veía el par de toallas rojas colgadas, un pequeño mueblecito que contenía algunos medicamentos y productos para el cuidado de la piel, y bueno, alguna cosa más que todavía no era capaz de recordar debido a esa poderosa sensación de niebla de mi cabeza.

Así que para intentar impulsar la sensación de despertar lo que hice fue simplemente pensar en que era un día nuevo, tenía que intentar disfrutarlo en la medida de lo posible, y que si me pasase todo el día durmiendo dejaría de hacer muchas cosas de todas las que quiero hacer, ése fue el pequeño impulso que me ayudó a sentirme algo más despierto.

Después de esa dura batalla contra mí mismo y algo más despierto, evitando pensar en tumbarme en cualquier sitio, bajé los ocho escalones de mi casa para enfilar el pasillo que me llevaría a mi destino: la cocina.

Iba observando que las cosas estuvieran en orden. Según recorría el pasillo miraba las fotos colgadas en las paredes de los diversos viajes que tuve la suerte de realizar, algunos con amigos, otros con mi pareja, pero sin duda las que más me hacían recordar eran las fotos de los viajes que tenía con mi familia. A medida que caminaba iba dejando atrás las fotos, era muy curioso, esas fotografías las había visto muchísimas veces, pero cada vez que iba por el pasillo sentía la necesidad de mirarlas, detenerme y recordar el viaje, pero como muchas otras veces, el haber fijado mi destino en la cocina no me dejaba detenerme, y todo porque sabía que tenía el tiempo limitado para hacer algo que simplemente me apetecía más hacer.

Después de dejar las fotos atrás observé el salón, en el que teníamos el televisor con un buen equipo de sonido para ver y oír bien las películas. Me aseguré de que todo estuviera en orden, que no se hubiese quedado una luz encendida. Me sentía tranquilo, pues estaba en el hogar que había creado, así que después de mucho mirar todo sosegadamente entré en la cocina y me dediqué a preparar el desayuno mientras veía las noticias:

«... nadie sabe cómo han llegado a la costa sur estos contenedores con vehículos robados, pero gracias a las investigaciones de la Policía y con la ayuda de personal especializado, estos vehículos de alta gama podrán ser rastreados desde sus ciudades de origen para intentar averiguar el paradero de los ladrones que...».

Menos mal, no era otro desastre de noticia, sólo eran coches, coches muy bonitos y caros, que a mí también me gustan, pero había días en los que al despertar y poner las noticias sólo escuchaba que alguna persona había desaparecido y no se tenía idea de su ubicación, o que algún loco se había liado a disparar a personas inocentes, y muchas noticias sobre violencia, desesperación y tristeza. Noticias que realmente me hacían sentir en la situación de las pobres víctimas, y ese sentimiento se metía dentro hasta que parecía que yo mismo lo estaba sufriendo. Entonces tenía que apagar la televisión, porque lo sentía tan cerca que realmente lo sufría.

Sin parecer que mis manos y mi mente estuvieran conectadas, cuando apagué la televisión había preparado casi de manera inconsciente dos zumos de naranja, un par de *croissants* con mermelada de fresa y unos bombones que había comprado la tarde anterior al salir del trabajo.

Con la bandeja llena me dispuse a subir la escalera para llevarle el desayuno a mi chica y tomarlo con ella, pero cuando llevaba la mitad de los escalones subidos recordé que se me olvidaba algo. Dejé la bandeja en la escalera, esperando tardar menos en hacer lo que tenía pensado que Laura en levantarse y bajar por las escaleras sin ver la bandeja.

Así que salí al jardín, corté la rosa más bonita que vi y entré otra vez con cuidado de no hacer ruido, puse la rosa en la bandeja, terminé de subir los pocos escalones que me faltaban y entré en la habitación.

El agua de la ducha había dejado de sonar exactamente al mismo tiempo que yo entraba en la habitación. Dejé con cuidado la bandeja en la cama y me senté en uno de los sofás que tenía en el cuarto mientras esperaba a que ella saliese.

La puerta del baño se abrió y entre el vapor de la ducha y la luz anaranjada del interior parecía que salía con un espectáculo de luces digno de un programa de televisión. Apareció ella entre el vapor con una toalla suavemente anudada a la altura del pecho y otra sobre los hombros, que sujetaba de un extremo con las dos manos y con la que se secaba el cabello, negro como el carbón, el cabello más bonito que nunca había visto. Sus verdes ojos miraron al infinito mientras se secaba el pelo cuando su mirada se cruzó con la mía y vio en la cama la bandeja con el desayuno. Entonces dijo: «¿Qué es hoy?», entre avergonzada y sonriente. Se veía en su rostro cómo intentaba dar vueltas por su cabeza para encontrar una fecha, un momento memorable digno de que su chico le llevase el desayuno, pero pareció no encontrar nada.

Llevábamos viviendo juntos unos ocho meses y antes estuvimos saliendo dos años, nos conocíamos bien, pero esto parecía haberla desencajado realmente. Yo le dije:

—Calma, calma, no, hoy no es una fecha que tengas que recordar por algo en especial, me apetecía hacerte el desayuno y subírtelo a la cama. El estar contigo para mí es motivo suficiente para que cualquier día haga algo por ti, y no hay cosa que más me guste.

Esos ojos verdes me miraron a la par que su pelo se movía sobre su cuello, dejó caer la toalla que estaba sobre sus hombros y dio un par de pasos hacia mí. Con cada paso la toalla que tenía anudada resbalaba lentamente, dejando ver cada vez más partes de su perfecta anatomía: la toalla se deslizó desde sus pechos, resbalando por la cadera, lo hizo muy poco a poco, cayéndose de forma progresiva, como una gota de agua que se ha condensado en un cristal. La toalla cayó al suelo y quedó completamente desnuda. Ella comenzó a besarme en los labios, y entonces me dijo:

—Creo que el desayuno sabe mejor en la cama.

Así que nos fuimos a la cama, realmente era una manera excelente de empezar el día.

Capítulo 3

Comenzando a rodar

Me dispuse a salir de casa para dirigirme al trabajo, ya que tenía una reunión importante. Zack me esperaba en la oficina, según me dijo por teléfono él había llegado antes porque quería terminar unos informes.

Zack era una persona muy persistente, me convencía su forma de trabajar, aunque realmente no me tuvo que demostrar sus buenas maneras: ya éramos buenos amigos en la universidad cuando estudiábamos ingeniería industrial hace unos pocos años.

La verdad es que siempre tuvimos una buena complicidad a la hora de estudiar. Desde la universidad, a la hora de realizar cualquier proyecto siempre uno suplía las carencias del otro en la forma de pensar, de enfocar los temas, de pulir pequeños detalles o simplemente de valorar la viabilidad o posibilidad de creación de un determinado proyecto. Pero sobre todo, y lo que más me llamaba la atención, era buena persona, muy buena persona, y eso es algo que parece que actualmente escasea.

Supongo que, como a mucha gente, a mí sólo me gusta rodearme de buenas personas. Así que no había ningún motivo por el que no debiera intentar emprender una vida laboral con mi compañero y amigo, sobre todo teniendo una idea común, y eso fue lo que hicimos.

Nuestros primeros pasos en el campo de la ingeniería del automóvil y de la motocicleta surgieron apenas terminamos nuestros años de estudiantes en la universidad, donde ya habíamos iniciado algunos proyectos que pensábamos que tendrían futuro. Ya fuera de la universidad pudimos evolucionar algunos de esos proyectos, dedicando tiempo no para obtener una calificación, una nota o un aprobado, sino como un propósito personal del que pudiéramos sentirnos orgullosos, al igual que cuando sacábamos un sobresaliente en un proyecto de la carrera. Así, algunos de estos trabajos fueron creciendo y creciendo. Muchos de éstos empezaron siendo simples bocetos, pero cada vez iban tomando mayor importancia en el mundo de la tecnología aplicada a la automoción. Zack y yo habíamos intentado promover alguna de nuestras ideas por nuestra cuenta, pero era muy difícil.

Un buen día, uno de estos proyectos atrajo a Rotom Rac, un editor y director de una famosa revista de motocicletas y coches, y ahí todo empezó a despegar. Todavía recuerdo el trabajo que nos hizo empezar en el mundo empresarial. No era, ni de lejos, lo más evolucionado o tecnológicamente más desarrollado de todo lo que hicimos durante la carrera, pero como bien dijo Rotom: «Este proyecto parece el más factible», comentario que realmente cuadraba con la perspectiva que Zack tenía de él.

Así que Rotom lo publicó en su revista y al poco tiempo, un par de meses, una gran empresa del sector nos llamó para desarrollarlo e implementarlo en su factoría. No queríamos trabajar para una empresa tan grande, así que conseguimos venderles la idea. Debo reconocer que en ese momento estábamos bastante asustados, sabíamos que no nos debíamos fiar, y menos vender la idea sin tener un respaldo que la protegiese, así que procedimos con bastante cuidado y entre los dos conseguimos que todo saliese bien.

Con el dinero creamos una pequeña empresa dedicada a la industria auxiliar para vehículos a motor, nos fuimos expandiendo poco a poco al principio y a pasos más grandes después según la experiencia incrementaba nuestro valor. Al final resulta que nuestras ideas se han incorporado a una variedad de vehículos increíbles y todavía seguimos en ello.

Así que cuando Zack me dijo esa mañana que estaba terminando unos informes no me sorprendió demasiado, supongo que estaría repasando y repasando el análisis de la estructura del material que estábamos «diseñando», comprobando y comparando con los materiales existentes. Era de esperar, porque desde nuestros comienzos con la empresa este proyecto, junto con el inicial, eran los más importantes, y sobre todo los que más reputación nos aportaban.

Comencé a ponerme en marcha, tomé las llaves de mi coche y abrí la puerta de mi casa. No parecía un día «real», sino un día sacado de un sueño. Según abría la puerta un haz de luz perfectamente recto y reluciente entraba rozando el dorso de la puerta e iluminando toda la entrada de la casa. Era como una tira sólida de luz, una banda perfectamente estirada que dibujaba la línea que emprendía el sol, iluminaba la puerta, el suelo, el techo, el espejo de la entrada y también el mueble que quedaba a mano derecha y que usaba para dejar las llaves y demás objetos. Me quedé observando el precioso día y me entró una pequeña sensación de alegría que dibujó una sonrisa en mi rostro.

Realmente parecía sacado de un sueño, pero simplemente era un bonito día en el que varios factores habían coincidido ante mis ojos para enseñarme lo hermoso que es el mundo cuando lo miramos con esa perspectiva, esa actitud, esa visión de lo real y nos muestra lo gratificante que es la vida.

A esa sensación, a ese momento en el que muy levemente nace esa sonrisa, a ese pequeño gesto en el que la alegría curva ligeramente los labios y donde no existe nada malo, justo a ese instante yo le llamaba felicidad. No existía detalle que no fuese bello, era un momento en el que mi percepción hacía que todo lo que mi cabeza pensase fuese positivo, todo eso que mi cabeza decidía aceptar era bueno, y hacía que ese momento, corto o largo, extenso o reducido, ese momento fuese felicidad.

Salí de mi casa mirando el precioso cielo azul brillante, apenas se oía el rodar de algunos vehículos en la distancia, observé el vecindario. La visión que se tenía a la salida de mi casa era la siguiente: dos hileras de chalets perfectamente simétricos, cada una a un lado de la calle, izquierda y derecha; cada hilera compuesta por siete chalets con sus siete jardines exteriores y sus siete garajes para el coche; una larga recta en medio de un apacible vecindario. La acera hacía mantener cierta distancia desde los jardines hasta la carretera, y en ellas varios árboles escoltaban al negro asfalto. El final de la calle desembocaba por un lado en una rotonda que llevaba a más vecindarios parecidos, y por el otro lado, que tenía forma redondeada, conducía a mi casa, la que ahora era mi hogar. De hecho, desde que encauzabas la calle desde la rotonda parecía que mi casa presidía ese vecindario.

Conduje mi mirada al garaje, la verdad es que era una de las partes que más me gustaban, pero por su contenido. Hoy hacía un día bastante atractivo para ir en moto y sabía que estos días los tendría que aprovechar, así que cambié de idea: iría con ella al trabajo. Sentí que hoy me apetecía enfundarme la cazadora, los guantes y mi casco, arrancar la moto e ir a la oficina. Con ella también me aseguraba de no pillar «el mismo» tráfico que con un coche. Así que antes de que se cerrase la puerta de la casa a mis espaldas dejé las llaves en la mesita de la entrada, que tenía un color anaranjado debido a los madrugadores rayos de sol, y cogí las llaves de la moto.

En el garaje tengo una buena moto, una deportiva de posición cómoda a los mandos y cómoda también para el pasajero, es espectacular, tanto en prestaciones como en estética. Me encanta, la llamo «mi niña», la tengo desde hace varios años y jamás me ha dado un problema, ni ningún disgusto, de hecho sólo me ha dado satisfacciones. Siempre recuerdo anécdotas que he vivido con ella, desde aprender a rodar en circuito, donde la sensación de simbiosis con la moto es total, hasta hacer largos viajes con mi chica y varios bultos de equipaje. Es una maravilla, desde luego una experiencia digna de ser vivida por todo el mundo.

Claro que cuando veo la moto en mi garaje, giro la cabeza hacia la derecha y veo mi flamante coche todo se anima. Flamante porque es de color rojo fuego, un homogéneo color rojo que estiliza más su línea deportiva, una maravilla de la ingeniería, muy, muy ligero y compacto, y con una potencia considerable para su peso. Es muy bajito y cuando te subes realmente puedes decir que tocas el suelo con los botones del bolsillo trasero del pantalón. Cuando veo los dos vehículos aparcados siempre me surge una pequeña duda. Está claro que el coche no tiene la misma relación peso / potencia que la moto, pero también me proporciona unas sensaciones únicas y que desde luego no querría dejar de sentir.

Mucha gente me hace siempre la misma pregunta: «¿Qué prefieres, coche o moto?». Sencillamente no puedo contestar, son experiencias que incrementan tanto la calidad de mi vida y que me producen tal satisfacción que no puedo cuantificarlas en un número para luego valorar una por encima de la otra. Me encantan las sensaciones de conducir una moto y me encantan las sensaciones de conducir un coche, y me encantan ambas porque realmente son diferentes.

Decidido el medio de transporte, me acerqué a un interruptor que abre la puerta grande del garaje para sacar los vehículos. El portón subía mientras los rayos solares entraban casi horizontalmente con un tono anaranjado más aclarado, se podía ver cómo se iluminaban en primer lugar mis pies, los neumáticos de mi moto y los de mi coche, y éstos dibujaban una sombra que recorría primero el suelo y luego un pequeño tramo de la pared hasta que se interceptaban con la sombra que proporcionaba el propio portón del garaje. Según pasaban los segundos y se levantaba el portón, el haz de luz subía por mis rodillas, por el carenado de la moto y por el parachoques frontal del coche; cuando llegaba a mi cintura podía ver mis pantalones completamente iluminados, prácticamente la moto hasta la altura de los semimanillares, y el coche ya se podía ver entero, resplandeciente, todo su imponente frontal con las enormes tomas de aire que dejarían alimentar el turbo. Cuando la luz alcanzaba la altura de mi cuello ya podía ver a «mi niña» iluminada completamente, negra y blanca, también tenía las letras que definen el modelo escritas en color rojo en el lateral del carenado de fibra.

El diseño de la pintura de la moto era increíble, parecía que tenía olas de mar, pero olas que tomaban líneas rectas para definir la caída del agua. Olas iluminadas por la luna, definidas por el color blanco, y el cielo oscuro, por el negro. El juego de color blanco con negro le daba un toque deportivo y elegante, el nombre del modelo en color rojo, sin lugar a dudas le aportaba un extra de deportividad y juventud.

Sí, también estaba enamorado de mi moto. Cada vez que la veía me gustaba más.

Me di la vuelta para que el sol no me cegase, tenía toda la equipación situada en un armario que tengo en el garaje. Tras abrir una pequeña puerta interior del armario saqué uno de mis tres cascos para montar en moto. Mi favorito, el que elegí, fue el casco negro, cortado diagonalmente por una fina línea roja que se deslizaba desde el mentón del casco hasta lo que sería la coronilla de la cabeza, y de un color blanco perlado en la parte superior. El casco también poseía unas pequeñas tomas de aire para evitar que se formase vaho, tomas de aire situadas tanto en el frontal a la altura de la barbilla como encima de la visera, estas dos últimas situadas de forma simétrica respecto a la vertical. También tenía otra salida de aire en la punta del casco a la altura de la coronilla, que finalizaba en una especie de pieza de fibra que servía para estabilizar los movimientos del casco a alta velocidad.

También cogí mi chupa, esta vez tomé una de cuero que poseía protecciones en espalda, codos y hombros, de color blanco y negro. El blanco predominaba sobre el negro, pero me gustaba el dibujo de la chupa. Era prácticamente blanca, el negro sólo se sobreponía en las mangas. Los extremos de éstas eran de color negro, pero según se acercaban a los codos perdían el color negro hasta transformarse en blanco de una forma muy gradual y estética.

Los guantes eran negros, con las protecciones en nudillos, palma y dorso de color rojo, las de las falanges de color blanco, y la de las muñecas de color negro.

Dejé la equipación encima de una mesa de trabajo presidida por un enorme arsenal de herramientas y saqué la moto con sumo cuidado del garaje. Tenía que esquivar el coche y un cubo en el que solía depositar las hojas que caían de los árboles, dejé que se asomase levemente el tubo de escape por la puerta del garaje para que en el momento de arrancarla no se llenase de demasiado humo la sala, y me preparé para arrancarla. Inmediatamente después comprobé las presiones de neumáticos con un manómetro, así como el nivel de aceite, que simplemente consistía en mirar por el indicador de ojo de buey que muchas motos tienen. Todo estaba en orden.

Para mí, montar en moto era algo que siempre comenzaba con una especie de ritual que con el paso del tiempo siempre realizaba con la misma metodología. Mirando la moto, frente a frente, sacaba las llaves de mi bolsillo (hasta el llavero me gustaba, era un dibujo de mi propia moto realizado en un pequeño trozo de cuero), y dando dos pasos iba mirando su contorno explosivo, cuanto más lo miraba más me gustaba, y cada día más que el día anterior. Me iba girando hasta ponerme prácticamente al lado de «mi niña», subía la pierna derecha por encima de la moto y me sentaba, metía la llave en el contacto, escuchaba el silencio y giraba la llave. En cuanto la giraba los sonidos de la electrónica de la moto silbaban por el garaje durante sólo un par de segundos, y cuando ésta estaba preparada un mensaje salía en la pequeña pantalla de led que decía: «Moto en acción», entonces ya sólo me faltaba apretar un pequeño botón con la mano derecha y el motor arrancaría.

Pulsé el botón, el motor entró en funcionamiento y un sonido especialmente bonito empezó a emanar del sistema de escape, grave y suave. Hacía temblar ligeramente el suelo, ni muy alto, ni muy bajo, era un sonido perfecto. Era un sonido profundo pero no incómodo, como cuando un león está apunto de rugir, un sonido que parecía hacer que se moviera el mundo. Me encantaba. Me bajé de la moto para ponerme la equipación mientras el motor se calentaba. Así que me enfundé primero la chupa, asegurándome de que las protecciones estaban bien situadas. Luego, con el casco en las manos, y mientras oía el sonido caluroso del motor, me ponía el casco mirando fijamente el frontal de la moto, y según introducía la cabeza en él el sonido se hacía más y más grave, lo cual amortiguaba un poco el volumen y parecía amansar a la moto. Me abroché el cierre por doble hebilla y me subí la visera para que no se me empañase. Por último me ponía los guantes, entrelazando los dedos entre sí y sintiendo que los nudillos no me molestasen con el roce de alguna protección.

Y ahora empezaba lo que más me gustaba, rodar con ella. Me subí y fui dando marcha atrás paso a paso para sacar completamente la moto del garaje. Cuando ya estaba en la acera, saqué el pequeño mando de la puerta, pulsé el botón y la cerré.

Entonces, desde la calle, mirando hacia la ventana de la casa, vi a Laura poniéndose unos pendientes, y justo en ese momento ella miró por la ventana, haciendo coincidir nuestras miradas. Debió de ver en mis ojos la sonrisa que se escondía bajo mi casco porque me devolvió otra sonrisa. Era preciosa.

Me bajé la visera del casco sin dejar de mirarla y le guiñé un ojo.

De forma casi inconsciente mi mano izquierda presionó la maneta del embrague y con el pie izquierdo di un ligero toque hacia abajo al pedal de las marchas que se situaba debajo del pie, lo que produjo un pequeño y definitivo *clank* al engranar la primera marcha. Fui aflojando la presión sobre la maneta del embrague y con la mano derecha y de forma sutil giré suavemente el acelerador. La moto se sentía con una ligereza asombrosa según comenzaban a pasar los metros, producía un bello sonido que aumentaba de volumen según la posición en la que situaba el acelerador, un sonido que me embriagaba y me relajaba. Y mientras pasaban esos primeros metros a la salida de mi casa, no podía dejar de recordar la sonrisa que Laura me había lanzado justo antes de salir, me encantaba. Y en un instante, mientras seguía acelerando, recordé cómo la conocí.

Capítulo 4

La mirada

Muchas veces un instante es tiempo suficiente. Tiempo suficiente para que tu mente sea capaz, en ese instante, de dilatar tanto la percepción del tiempo que podrías reproducir en tu cabeza cualquier historia. Realmente es tu cerebro el que acelera todo para que esa historia, entera, desde la salida hasta la meta, sea recordada con todo lujo de detalles en tan poco tiempo. Y precisamente eso es justo lo que me pasó cuando estaba desplazándome en la moto los primeros metros, después de mirar a los ojos a Laura viéndola a través de la ventana de mi casa.

Tiempo atrás pasé por una mala relación que me dejó bastante perjudicado y me parecía que nunca volvería a estar con otra persona. Lo había intentado todo para seguir adelante, salir de fiesta, apuntarme a cursos, hacer muchísimas cosas para conocer gente... Pero entre mi timidez y la sensación de que el castillo sobre el que mi personalidad se asentaba había sido destruido por la sensación de dolor que una ruptura sentimental genera en un corazón, sabía que tendría que esperar. Lo malo es que no sabía cuánto tiempo, y no me gustaba, ni me gusta, ver pasar el tiempo.

Es cierto, el tiempo pasa, se puede volver a conocer a alguien, pero en este caso, mi caso, parecía que estaba excluido de esa norma, ya no sabía qué hacer. Llevaba mucho tiempo soltero, y cuanto más tiempo pasaba, más difícil veía el poder estar con alguien, porque la semilla de soledad que se había plantado en mí ya había empezado a crecer y mi cuerpo y mi cabeza ya sabían vivir con esa soledad.

Estaba acostumbrado a estar así. Por supuesto que quería conocer a una persona especial con la que salir, compartir buenos momentos y disfrutar de la vida en pareja. Pero en todo este tiempo supongo que lo que estaría aprendiendo era a saber estar solo y a conocerme.

No era una persona a la que le gustase cualquiera, tenía unos gustos muy definidos sobre la chica con quien me gustaría estar, y también tenía muy claro que cuando la sensación de querer estar con alguien llama a tu puerta, todo lo demás no importa, cuando el sentimiento ha nacido ya no puedes hacer nada para evitarlo, todo lo que es esa persona te gusta. Hasta cosas que pensabas que no te gustarían de alguien te empiezan a gustar y al final son esos detalles de la personalidad los que hacen que esa actitud, esa forma de ser, te guste y te atraiga, e incluso que el aspecto físico te parezca más atractivo que antes.

Así que viendo pasar largas épocas, mi corazón se sentía más y más solo. Pensando que si no había encontrado a nadie en este tiempo desde que lo dejé con mi anterior pareja, ¿cómo iba a encontrarlo ahora?, cuando los meses, las estaciones y los años estaban pasando ante mis ojos a una velocidad demasiado rápida para poder recordar algo sin mezclarlo en la memoria.

Me miraba, veía a mi familia, a mis amigos, y veía cómo todo cambiaba a mi alrededor. Mi vida no cambiaba, únicamente cambiaba mi aspecto. Me hacía más mayor y veía cómo la gente construía sus vidas, otros las rehacían, y yo, como si estuviese oculto por una niebla tan espesa que no dejaba oír mis gritos, no podía hacer nada para evitarlo, sólo mirar.

Me alegraba porque la gente de mi alrededor fuese creciendo como persona, se enamorase, se fuera a vivir con sus nuevas parejas, se casase y tuviese hijos. Pero por otra parte me entristecía ver que yo no podía, no iba a poder tener eso, porque ya estaba acostumbrado a estar solo.

Muchas veces pensaba en ello, me enfurecía y me echaba las culpas, me decía: «Algo malo tendré, algo que yo no consigo ver porque ya lo llevo tan dentro, estoy tan amoldado a esto, que no lo percibo y que a las chicas no les debe de gustar».

Se veían pasar épocas de cariño familiar, con los amigos, fiestas, celebraciones, y todos a mi alrededor vivían, y yo mientras me veía tapado por un muro que mi propia cabeza había creado. Intentaba no mostrar esta faceta mía a la gente que quería, no me sentía bien haciéndoles preocuparse por ello y sólo quería que mi largo mal trago, mi mala racha, finalizara.

Pasó mucho tiempo hasta que mi cabeza se acostumbró a esto y sintiese que podía vivir algo, ya no me preocupaba el estar solo, había aprendido a utilizar todo mi tiempo para hacer las cosas que realmente quería y poder vivir solo. Sí, de vez en cuanto claro que pensaba en lo bien que estaría tener pareja, pero ya no era eso lo que me preocupaba. Sólo quería vivir mi vida. Ya me cansé de ver la vida de los demás como si estuviera encarcelado en mi propia burbuja, quería hacer mi vida.

Siempre se aprende algo, y yo en todo este tiempo había descubierto las cosas que me gustan, todas las aficiones y acciones que me encantaba hacer y que me hacían disfrutar mi tiempo. Éste fue el paso previo. Esto fue aprender a revivir. Fue entonces cuando me empecé a sentir más relajado de esa presión que me hacía sentir distinto.

Siempre existirían días mejores y peores, días en los que todo iba bien y días en los que parecía que todo salía mal. Siempre recordaba los largos días y las largas noches en las que ni siquiera podía conciliar el sueño y salía a dar paseos a altas horas de la madrugada, porque como dije, no soportaba ver pasar el tiempo, y menos tumbado en una cama sin poder dormir.

Hasta que un día, un día que empezaba negro, se convirtió en un gran día.

A veces no me quedaba otra que reírme de mí mismo por mi interpretación de los hechos o mi percepción de mi «suerte».

Ese día, todavía lo recuerdo bien, era sábado, no había salido ni nada la noche anterior, y sólo quería dormir y dormir, pero por descuido, a las siete de la mañana el despertador decidió provocar el bocinazo con el que suele deleitarme las demás mañanas de lunes a viernes. Mi pulso se aceleró de forma exagerada y de un salto me desperté, fui al baño a asearme y mi pie descalzo golpeó el marco de la puerta, demostrándome, como si no lo supiera, que un golpe así provoca un enorme dolor aunque estés prácticamente dormido. Pero era muy pronto para darme por vencido, así que decidí seguir adelante, me duché, me sequé y me puse la ropa. Fui a la cocina a desayunar, cogí una taza y cuando fui a inclinar el bote de leche, toda la leche se salió de golpe. Parecía que un pequeño duende cabrón estaba empujándola para que me manchase las manos, el pantalón y la mesa.

A todo esto, yo todavía no me había percatado de que era sábado. Limpié la mesa a toda prisa, y fui a calentar el resto de leche que se había quedado en la taza en el microondas a la par que pensaba que mientras se calentaba la leche iría a cambiarme de pantalón.

Fue instantáneo, al conectar el temporizador del microondas la luz de mi casa se apagó por completo, pero como había algo de luz del amanecer fui a cambiarme de pantalón a tientas. Sin pensar en que la luz no circulaba por el circuito eléctrico giré la rosca del microondas para calentar la leche de forma totalmente automática, y seguí avanzando de forma irracional mientras pulsaba otro interruptor más para encender la luz. Pero al igual que antes, ninguna luz se encendía y nada funcionaba. Mientras caminaba en la semioscuridad hacia mi cuarto cuál fue mi sorpresa cuando sentí que el marco de la puerta estaba esperando a mi pie. El golpe me hizo soltar un pequeño grito o mugido de sonoridad dudosa, y mi dedo meñique quedó hecho trizas, quedó deshecho y con aspecto de caracol aplastado. Entonces, rendido por el dolor, decidí sentarme un par de segundos en el borde de la cama, relajarme y no pensar en estrujar la almohada y maldecir a todo lo que me rodeaba con una desesperación arraigada en mí desde hace tiempo.

Después de unos segundos intentando relajarme me dije a mí mismo: «Calma, calma», respirando profundamente, y me puse en pie. Pisando lentamente el suelo me deslicé hasta donde mi mente recordaba que estaba el armario de la ropa y saqué un pantalón vaquero, salí de mi habitación en calzoncillos abandonando la oscuridad y me los puse tranquilamente.

Volví a la cocina a desayunar y entonces, como si fuese una sorpresa, me di cuenta de que la leche que había puesto a calentar no estaba caliente. Directamente, cogí la taza y la metí en la nevera. Se me habían quitado las ganas de desayunar.

Salí de mi casa y, caminando hacia la parada de autobús, vi que había pocos coches, pero no me extrañó, seguí caminando. Pasó un coche que conducía una chica, su mirada se clavó en mí y me sonrió. La seguí con la vista y le sonreí lo que pude mientras seguía caminando sin fijarme en dónde estaba la acera que iba pisando hasta que noté que la pisada de mi pie había sido demasiado blanda. Miré al suelo y vi una mierda de perro despanzurrada con la marca de mis zapatillas en ella. Cuando fui a fijarme en la chica del coche ya no estaba, entonces sin otra cosa más que hacer, después de pasar en un instante por varios estados de humor, me salió una carcajada, una carcajada que reflejaba la impotencia de saber que esto era una mierda.

Después de intentar limpiar el resto del excremento de mi zapatilla con el borde de la acera llegué por fin a la parada del autobús, me senté y decidí esperar. Así que me puse los cascos de mi reproductor de música y cuando fui a conectarlo sonó un pequeño tono de piano que fue sonando más grave hasta que el reproductor se paró y se agotó la batería. Inundado por la sensación de que hoy no era un buen día para mí y después de un momento de reflexión, llegué a sospechar que algo raro pasaba porque no había nadie en la parada de autobús, y fue cuando pensé: «Qué raro que no haya nadie en la parada del autobús un… a las siete de la mañana».

Entonces pensé serenamente en el día que era, bajé la cabeza, me pasé las manos por las sienes y me dije: «Calma, calma», y volví a respirar profundamente. Fui caminando a casa, derrotado por el camino cruel que el destino me había preparado esta mañana.

Llegué a mi casa, dejé las zapatillas fuera junto con el apestoso olor y me senté un rato a ver la televisión con los ojos entrecerrados hasta que caí en un pequeño sueño.

Al cabo de un par de horas, un subidón de volumen de un anuncio me despertó. Eran las diez de la mañana, cogí otras zapatillas y salí de casa para hacer algo de compra. Parecía que el sueño me había despejado un poco, y me había calmado, pero el pensar y recordar varias veces todo lo que me había pasado esa mañana hizo que retomase la sensación de que hoy era un mal día e hizo que fuese a todos sitios pensando en que algo más me podría pasar. Me apetecía salir un rato de casa, así que cambié mi expresión de llevar un día horrible y me enfundé lo que pude, una escueta sonrisa.

Llegué al centro comercial, no me hacían falta muchas cosas, pero ese día, en ese centro comercial, y sin darme cuenta encontré lo que más quería, y lo que más quiero. No había llevado ni lista de la compra, simplemente fui a buscar algunos refrescos, patatas, un poco de carne, pasta, fruta y algunas cosas más. Después de debatirme entre varias frutas fui a ver algunos postres dulces que podría comprar, me apetecía prepararme una tarta o alguna especie de bizcocho, así que tomé varios ingredientes dulces y caminé hacia el expositor de mermeladas.

Según me acercaba pude ver de espaldas a una chica morena, estaría como a un par de metros de mí, parecía que estaba eligiendo algunos bombones, yo estaba escogiendo una mermelada de fresa. Ella estaba a mi derecha, intenté mirarla a la cara de reojo, ya que sentía curiosidad por ver si era guapa, y justo cuando estaba un poco inclinado hacia atrás para verla mejor y con el brazo izquierdo extendido para coger un bote de mermelada, ella se giró hacia donde estaba yo. Nuestras miradas se cruzaron un segundo, sólo pude ver unos ojos muy verdes y muy bonitos, me puse nervioso, no me esperaba que fuese a girarse y menos cuando yo la estaba mirando. Los nervios me hicieron desplazar uno de los tarros de mermelada hasta el borde de la estantería, y como si de una escena de película de cine se tratara el tarro comenzó a caer lentamente. Ella y yo nos miramos con los ojos muy abiertos, como preparándonos para un susto inminente, después observamos la caída del tarro durante unas décimas de segundo. Pude ver cómo ella iba desplazando su pie para que el tarro cayese encima y no se rompiese. Pero sin apenas darme cuenta yo estaba moviendo el brazo derecho hacia el tarro de mermelada, ambos podíamos ver la jugada que cada uno realizaba para impedir que se rompiera.

Yo estaba alargando el brazo derecho a gran velocidad para alcanzar el tarro a la par que me preocupaba no cogerlo, golpearlo y lanzarlo más lejos. Entonces pude sentir cómo el tarro se acoplaba perfectamente a mi mano, y lo cogí de forma airosa y sin percance.

Entonces el tiempo volvió a recuperar su velocidad normal, levanté la mirada, ella estaba enfrente de mí haciendo exactamente el mismo gesto, hasta que ambos nos miramos a los ojos, frente a frente, en un momento en el que no oía nada más que los latidos de mi corazón acelerándose. Cuando me di cuenta de que ella también estaba mirándome me quedé helado, era la chica más guapa que había visto en mi vida, unos ojos verdes brillantes cuya curva definía perfectamente una mirada atractiva, llamativa, inocente y de buena persona. Los labios preciosos, la nariz del tamaño que tenía que ser para que su cara fuera perfecta y el bonito pelo negro, suelto y liso. Parecía que la proporción áurea la habían establecido en función de su belleza, era preciosa.

Entonces ella dijo:

—¡Qué reflejos! —Mientras recogía la pierna que había extendido para que el tarro no golpease el suelo

Mi timidez hacía que el tiempo pasase más lento y parecía que yo estaba tardando mucho en contestar, mi conciencia intentaba indicarme la frase más correcta para que no quedase como un soso ni como el típico chulo que pretende ligar con todas las chicas que ve. Cansaba mucho pensar así, yo quería estar más relajado, así que le contesté lo que realmente quería contestar, siendo yo mismo, dejando atrás la timidez, los nervios y la sensación de: «¿Qué pensaría alguien de mí si me oyese decir lo que quiero decir?».

Dejé eso a un lado y dije:

—Tenía que salvar ese pie.

Entonces ella me sonrió, en ese momento le estaba devolviendo la sonrisa cuando de repente un «¡Crasssh!» irrumpió en nuestra conversación. Era otro tarro que había caído al suelo al haber desaparecido el otro tarro en el que se apoyaba. Miramos al suelo y ahí estaba toda la mermelada, tapándome media zapatilla. Entonces yo me quedé con expresión de incredulidad y resignación, y oí cómo ella soltaba una carcajada y me miraba de abajo a arriba. Yo, harto de llevar un día con tantos sucesos bochornosos, me acabé riendo con ella. Supongo que fue uno de esos momentos de risa contagiosa que entre los nervios y la situación hacen que uno no pare de reír.

Parecía que ella también sentía curiosidad por mí, su forma de mirarme a los ojos me decía algo. Mi cabeza negociaba por una parte para convencerme de no esforzarme por intentarlo, pero por otro lado me decía que no perdía nada por intentarlo, y menos teniendo la intuición de que ella podía tener interés en mí.

Justo iba a decir algo cuando ella se adelantó y me dijo:

—Parece que algo tenía que pasarte.

Yo la contesté:

—La verdad es que sí, parece que algo me tenía que pasar.

Estaba un poco paralizado, no sabía qué más decir, ella se estaba girando para irse cuando de forma milagrosa me di cuenta de que ella, antes de todo esto, iba a coger unos bombones y al final no los había cogido.

Cogí los bombones que me pareció que ella iba a comprar y le dije:

—Disculpa, creo que ibas a coger estos bombones.

Ella me contestó:

—¡Uy! Sí, gracias, con el susto de la mermelada se me había olvidado je, je, je.

Le sonreí y me presenté, ella hizo lo mismo, se llamaba Laura y era preciosa. Le dije:

—Es la primera vez que le doy tan rápido unos bombones a una chica.

A partir de ahí me dio la impresión de que sus ojos me decían que quería quedarse hablando más tiempo conmigo y ese fue el detonante. La conversación que se inició con la mermelada duró unos pocos minutos, suficientes para que después de presentarnos, y apenas sin dejar de mirarnos como si algo en nuestras miradas nos atrapase, nos dimos los números de teléfono. Resultó muy natural la forma en la que se podía hablar con ella, la conversación seguía y seguía. De repente, sin darnos cuenta, y sin saber ni quién, ni cómo, esa misma noche habíamos quedado para cenar en un bonito restaurante.

En cuanto la conversación hubo acabado pude ver cómo ella iba a la caja a pagar lo que había comprado. Yo, desde la distancia, mientras terminaba de comprar algunos productos, intentaba localizarla, mis ojos la buscaban como cuando buscas la luz en la oscuridad, siempre prudente de no mirar directamente para no cegarte, en este caso para no ser demasiado indiscreto mirándola. La sorpresa me la llevé cuando, tomando de una de las estanterías unas servilletas de papel y mirando de reojo hacia la caja, con la cabeza un poco agachada para que el gesto no me delatase demasiado, la intenté mirar y sin darme cuenta la silueta que ella describía parecía que me miraba. Levanté un poco más la mirada y, efectivamente, ella también me buscaba. Nos quedamos mirando un par de segundos más mientras las sonrisas de una nueva complicidad aparecían en nuestros rostros. Con un leve gesto de la mano me dijo un hasta luego.

Después de comprar, volviendo a casa, pensaba en lo interesante que me había parecido, casi no recordaba esa sensación de nerviosismo al entablar conversación con una chica, esto había sido mucho más intenso. Creo que fue por el juego de las miradas. Me impactó ver unos ojos tan bonitos en los que parecía que se reflejaba la luz, cada vez que pensaba en que esa misma noche quedaría con ella más nervioso me ponía. Pensé que quizás debería distraerme un rato y fui a ver a mi hermano.

Pasé la hora de la comida y la tarde con mi familia hasta que llegó la hora de irme a mi casa para arreglarme para la cita. Las conversaciones mantenidas con mi hermano me habían calmado bastante y me habían hecho recapacitar ciertas cosas, eso parecía que me fortalecía mentalmente. Me duché tranquilamente con agua caliente mientras sonaba la música de la minicadena.

Estaban poniendo algunas de mis canciones favoritas, lo que hacía que entrase en momentos de euforia. Escogí la ropa más bonita que tenía, de hecho fue un traje, pero un traje que uno se podía poner con una camisa, sin corbata, y que daba un aspecto informal, dentro del ambiente de elegancia que otorga un traje.

Llegué al restaurante unos cinco minutos antes. Una parte de mi cabeza era como si me intentase convencer de para qué me metía en esto, si lo seguro era que estando solo podía vivir sin que nadie me hiciera sufrir de nuevo, no tendría ninguna complicación. Lo que era seguro es que estando solo nadie podría dañarme, tal y como llevaba pasando los últimos años, ésa era la forma de vida a la que me había acostumbrado, sin embargo, la otra parte de mi cabeza me decía que quería esto...

Fue en mitad de ese debate interno cuando se resolvieron las dudas para siempre. Ella apareció, paso a paso la veía acercarse, vestía muy bien: zapatos de tacón, una falda negra hasta las rodillas, camisa blanca con unos seis botones de color dorado que subían hasta un sensual escote, chaqueta corta. Cada vez que se acercaba un paso, notaba cómo mis pulsaciones se aceleraban e intensificaban. Yo me inquietaba, mi mayor temor era no saber articular una palabra debido a la magnífica impresión y decir una especie de «*¿Jola?*» o «¿Qué *tual?*». La distancia era lo bastante corta como para recordar el motivo por el que estaba tan nervioso. Estaba preciosa, no recuerdo haber visto a una chica más bonita en mi vida. Se seguía acercando hasta que se puso a la distancia «inevitable», esa distancia a la que ya es inevitable mantener el silencio.

Entonces, de forma automática, nos dimos dos besos a la par que nos decíamos hola y a continuación yo dije:

—Estás guapísima.

Ella pareció sorprendida e hizo un gesto que me hizo pensar: «Ya la he cagado nada más empezar, deja los cumplidos para más adelante». Nos dirigimos a la mesa tranquilamente después de un par de segundos que parecían eternos por el silencio que provocó mi comentario hasta que ella me dijo:

—¿Que «yo» estoy guapísima? —Con un tono irónico y medio sonriente.

Debí de ponerme rojo como un tomate, porque la miré y ella pasó de tener una sonrisa a soltar una carcajada dulce y sensual. Sin saber dónde meterme le dije:

—¡No me digas eso, que no sé cómo reaccionar!

A partir de ahí las conversaciones fueron sucediendo de forma natural y espontánea, y contando anécdotas de nuestra vida fuimos conociéndonos. Me mostraba yo mismo, y parecía que le gustaba. Sin darnos cuenta el tiempo pasaba, reíamos, prestábamos atención a lo que el otro contaba, gesticulábamos algunas acciones de cosas que nos habían pasado.

Puede que para cualquier otra persona en el mundo no fuese nada, pero según hablábamos posé mi mano sobre la mesa y de forma completamente inocente nuestras manos se rozaron.

El cerebro no tarda apenas nada en darse cuenta de que ha habido contacto, lo sentí según nos mirábamos, ambos lo sabíamos y ambos dejamos que el contacto se mantuviese. Las palabras con ella se sucedían cada vez con más confianza, con más intimidad, más naturalidad, más espontaneidad, mientras nos mirábamos y mientras las manos se seguían rozando. Se estaba cómodo, justo enfrente un rostro precioso, una conversación muy interesante, el contacto humano. Era increíble cómo el cuerpo podía incrementar tantísimo los sentidos en esta situación.

Después de invitarla a cenar caminamos por un parque. Me encantaba esta situación a la par que me ponía nervioso mientras pensaba en no hacer nada «incorrecto», pero siguiendo el consejo que me dio mi hermano eliminé esa sensación. Desde luego, según pasaba el tiempo con ella cada vez me parecía más interesante y me gustaba más.

Dos citas más se entremezclan en el orden de mis recuerdos en cuanto a cómo fui conociendo sus gustos, sus preferencias, sus aficiones. Dos citas en las que las cenas y los paseos a la luz de la luna y las estrellas se sucedían mientras nuestras conversaciones y charlas se extendían en un tiempo ajeno a nosotros. Un tiempo que hacía que nos conociéramos más profundamente, que incrementaba nuestra complicidad y que a mí me causaba unas enormes ganas de estar con ella.

Así pasábamos las noches, cenando, hablando y caminando.

En la más bonita de esas citas, después de cenar y de estar caminando un largo rato por el parque, nos sentamos en uno de los bancos que estaba escoltado por dos preciosos y enormes árboles y un diminuto arbusto justo entre ellos.

Al igual que a mí, a ella parecía encantarle la astronomía, hablar del universo, del *big bang,* de galaxias, estrellas, supernovas, agujeros negros, etcétera. Los dos habíamos leído algo sobre ello como entretenimiento, no éramos expertos, simplemente aficionados a esos temas. Desde el parque se veían algunas estrellas, yo le estaba enseñando algunas constelaciones que conocía y ella me enseñaba otras.

En ese momento estábamos hablando de la luz de la estrellas, de los lugares en los que habíamos estado y en donde mejor se veía la oscura inmensidad de la noche en el cielo, y de la abismal cantidad de estrellas que se pueden llegar a ver. Yo estaba mirando el cielo hasta que de forma sorprendente e inesperada, pero de la forma más natural que puede hacerse, sentí la mano de Laura posándose encima de la mía. Bajé la mirada de las estrellas para fijarme sólo en una. Nos miramos un instante y entonces ella, como si de repente hubiese sentido vergüenza por mirarme, bajó los ojos de forma suave y continua con una leve pausa en la que pareció fijarse en mis labios, y luego se quedó mirando nuestras manos sin levantar la mirada.

Yo la miraba a ella, y siguiendo la curva de su brazo acabé mirando también nuestras manos. Entonces, desde lo más profundo de mí, como si el universo fuésemos sólo nosotros dos, como si fuésemos dos estrellas en el cielo, dos luces en la oscuridad tan cerca que apenas se pueden distinguir. Como si todo lo que yo había querido se expresase con un gesto, con la mejor expresión de un sentimiento, con la otra mano despejé el pelo de su cara y con una suave caricia, con la punta de los dedos, desde donde comienza la mandíbula hasta la punta de la barbilla, le levanté lentamente el rostro mientras ella, girando la cara, podía hacer ver cómo sus ojos buscaban los míos. Entonces, como fruto de ese intenso momento, mientras cerrábamos los ojos, nos besamos. Podía sentir perfectamente el comienzo del beso como un sensible roce entre nuestros labios, buscando la posición idónea para acabar formando parte de un hermoso, preciso y perfecto primer beso.

Y así es como comenzó todo con Laura.

Capítulo 5

La vida

Así comenzó todo con Laura.

Según me distanciaba de mi casa, podía sentir eso que me hace amar la sensación de montar en moto. Era la fuerza del aire contra mí, eran el viento, el frío y el calor, la velocidad y la calma, las aceleraciones y las frenadas, era el ver una larga recta y el tumbar en las curvas, era conducir mi moto, era sentir. Te hace sentir vivo y libre.

Esa mañana me dirigía al trabajo de forma calmada por una carretera secundaria, sintiendo la moto en cada segundo, su sonido, su manejabilidad y su fuerza. Tuve que salir de la carretera secundaria a un tramo de autopista. Allí la monotonía del entorno facilita el poder recordar o pensar en otras cosas mientras uno conduce, tanto en un coche como en una moto. Intentaba ponerme al día mentalmente sobre el trabajo, sobre qué tendría que hacer a lo largo del día, y en un inconsciente pensamiento llegó un momento de euforia que me hacía sentir muy afortunado por la vida.

No dejé que ese momento de euforia cambiase mi actitud frente a la conducción de la moto, me gustaba ir tranquilo, de paseo sobre mi montura. Lo que sí hice fue dibujar una enorme sonrisa, la cual yo era el único que sabía que tenía, porque con el casco puesto no se me ven más que los ojos y algo, un poco, de expresión facial.

Me ponía al día en cuanto al orden de los acontecimientos que se sucederían hoy en el trabajo: primero ir a la oficina, y durante una hora u hora y media, hablar sobre cómo se desarrollaría la reunión que tendríamos un par de horas antes de comer. Tenía ganas de celebrar esa reunión, mientras que Zack, sinceramente, pienso que tenía algo de pavor. ¿El motivo?, ya nos habíamos topado hace tiempo con el tiburón que se sentaría en el lado opuesto de la mesa...

Llegué a la oficina, nuestra sede central, todo estaba en orden, demasiado pronto para venir a trabajar, pero no me importaba porque estaba haciendo lo que me gustaba.

Teníamos un edificio de dos plantas y un sótano. Situados en la planta superior teníamos los despachos Zack y yo, con sus respectivos aseos para los largos días de trabajo, junto con una sala de reuniones, un estudio mixto privado y una sala algo más grande donde trabajaban tres empleados: Jerry, que era nuestro ayudante; J. Philip, nuestro experto en finanzas; y su ayudante, Jay. La verdad es que podíamos apañarnos bien, ya que todos los estudios de nuevos proyectos, técnicas de *marketing* y estudios de expansión lo hacíamos entre ambos.

Cuando necesitábamos ayuda Jerry siempre estaba disponible, pero sobre todo él era muchas veces nuestros brazos y nuestro contacto con proveedores, tanto de materiales como de publicidad. También llevaba la labor de recursos humanos y otras tantas acciones al desarrollar productos nuevos. Ahora que lo pienso, nuestro ayudante también se merecía un ayudante, nunca se había quejado, y la verdad es que siempre hacía bien su trabajo. Tomé nota mental para hablar del tema más adelante con Zack.

J. Philip y Jay siempre tenían trabajo, eran dos personas muy divertidas y muchas veces daban la cara ante situaciones que nos comprometían, pero siempre estaban ahí y casi siempre aportaban la cordura a los proyectos de expansión. Eran genios con frenos muy dosificables y que nos habían salvado más de una vez de nuestro, a veces, alocado ímpetu. Cuando reunimos nuestro equipo creo que hicimos una gran labor.

En la planta baja del edificio setenta empleados trabajaban para dar una imagen seria y eficaz entre el personal de atención al cliente, y la mano de obra estaba compuesta por expertos cualificados en ingeniería y mecánica con los que sin ellos sería imposible realizar las labores.

Cuando empezamos en este negocio obteníamos los materiales y maquinaria gracias a Rotom, el editor que nos ayudó en nuestros comienzos. Él tenía muchos contactos con talleres y algunos centros de I+D+i (Investigación, Desarrollo e Innovación) que nos sirvieron de lanzadera.

Después de conseguir colocar unos cuantos proyectos, y cuando todo fue creciendo, tuvimos suficiente dinero para alquilar el edificio y un poco de maquinaria. Según pasaba el tiempo crecíamos y trabajábamos. Del alquiler pasamos a la compra de ese edificio y de esas máquinas. Cuando el trabajo nos desbordó fue el momento de contratar. Primero a unos pocos que todavía siguen hoy con nosotros y más adelante a todas las personas que forman parte de la sede central.

Todo evolucionó y creció muy rápido, pero nosotros no dejamos pasar nuestra oportunidad de expansión. Gracias a ello en la actualidad tenemos ciento cincuenta centros por todo el mundo con unos cien empleados de media en cada uno. De esos ciento cincuenta centros en unos se proporciona atención al cliente, labor de apoyo y control financiero, en otros se desarrollan y obtienen los nuevos materiales, y en otros el desarrollo de producto. Es curioso que la sede central sea donde menos empleados hay… de media, pero es donde se inicia toda la actividad.

Primero desarrollamos los estudios y realizamos los proyectos, valoramos su factibilidad, los creamos y finalmente los probamos en nuestro propio circuito cerrado. Cuando después de varias pruebas exhaustivas vemos que no da problema alguno, y después de todos los papeleos oportunos que aletargan los proyectos, procedemos a concertar una reunión con todos los directores de cada centro de desarrollo y explicamos el producto. Les entregamos todo el material informativo e ilustrado y ellos se encargan de impartir ese conocimiento a los demás empleados.

Después de mucho tiempo hemos comprobado que esta forma de trabajar es la que mejor funciona para nuestra empresa. Nuestros productos son muy especializados, pero nos permiten el desarrollo de nuevos materiales y artículos tecnológicos que antes ni siquiera existían.

Así que subí a mi despacho, vi que la puerta del de Zack estaba abierta y llamé. Oí una vocecilla que me dijo hola y pasé.

Ahí estaba mi colega, no sé cómo lo hacía pero irradiaba gracia y alegría desde que le conocí en la universidad. Era un tío con el que no coincidí hasta tercero de carrera, y la verdad es que fue una pena no haberle conocido antes. Recuerdo que los compañeros que había conocido en primero no consiguieron aprobar las asignaturas exigidas para mantener los estudios, y los que conocí en segundo se habían decantado por otras especialidades y no coincidimos más. Así que al llegar los primeros días de tercero no conocía a nadie, me sentaba en mi silla y escuchaba al profesor. Cuando ya llevaba un par de semanas de clase ya me resultaba familiar una voz aparte de las de los profesores, la de un chaval que siempre contestaba a las más extrañas preguntas que podía hacer el profesor. Yo creo que ya era una especie de duelo entre alumno y maestro. Y la verdad, no sabía quién podía saber más. No eran preguntas normales, eran preguntas que no es que estuvieran fuera del tema de conversación, pero eran demasiado específicas como para que ningún alumno las supiese.

Yo creo que el profesor, cuando empezó a preguntar, pensaba que nadie sabría responderle, pero cuando se topó con este chico tuvo que ir incrementando el nivel de dificultad de las preguntas.

Cualquiera puede pensar que el típico alumno que contesta todo era alguien muy «pelota» o el típico que quiere que el «profe» le tenga muy en cuenta, pero a este chico parecía que le daba igual eso. Él se ponía en la primera fila junto con un alumno de intercambio tailandés, Papawarrait, o algo así, y se podía ver cómo hablaba con él más de la cuenta. Se reían bastante en clase (los demás sentíamos curiosidad por ver qué hacía tanta gracia), hasta tal punto que el profesor le llamaba la atención, pero claro, como el alumno al que recriminaba las risas era el mismo que contestaba prácticamente a las preguntas más difíciles, el profesor acababa diciendo que por favor mantuviese silencio y ya no podía hacer mucho más.

Recuerdo que un día el profesor preguntó algo muy extraño, tan extraño que todos los demás alumnos nos callamos por la inercia y la costumbre, esperando que el chico de la primera fila contestase. Él estaba mirando al profesor con los ojos abiertos como platos y sin apenas pestañear. Éste apenas le miraba a los ojos, y cuando lo hacía retiraba la mirada rápidamente porque parecía sentirse incómodo mientras el chaval le seguía observando con los ojos lo más abiertos que podía y sin pestañear. Entonces me sorprendí gratamente al darme cuenta de que yo sí que sabía la respuesta a la pregunta, así que empecé a levantar la mano en el momento en el que el profesor, exhibiendo una enorme sonrisa, iba a decir la respuesta. La sonrisa de éste se tornó en expresión de desconcierto, el alumno de la primera fila apoyó el codo en la mesa de detrás y miró con expresión de incredulidad hacia atrás. Enuncié mi respuesta, el profesor, absorto por la novedad, me dijo: «Correcto, muy bien», parecía sorprendido más por el hecho de que otro alumno contestase a sus preguntas que por el hecho de que la respuesta fuese correcta. Entonces, mientras el profesor se ponía de espaldas a nosotros y empezaba a escribir en la pizarra, pude ver que el chaval de la primera fila venía casi de cuclillas y se sentaba a mi lado.

Se sentó junto a mí mientras yo le miraba y me decía a mí mismo: «Qué tío más raro». Me dijo en un tono de voz muy bajo:

—Muy buena.

Le miré y le contesté:

—Gracias.

Entonces hicimos las oportunas presentaciones, el chaval era bastante cómico y parecía bastante listo, se llamaba Zack, y daba la impresión de ser un poco raro, o quizás original, pero eso sólo era la primera impresión.

Le dije:

—¡Oye, te lloran los ojos!

—No jodas, es que estaba aguantándole la mirada sin pestañear al profesor a ver qué hacía y se me han debido de salir las lágrimas ja, ja, ja.

Me quedé atónito y le dije:

—Venga ya, tío, ¿en serio?, ja, ja, ja.

Zack me dijo:

—Así es más divertido. —Mientras se reía.

Le miré extrañado y pensé: «Pues tiene parte de razón, y si encima está atento como para contestar correctamente a todas las preguntas...». Entonces vi cómo Zack, personaje curioso, volvía a su sitio medio agachado mientras el profesor seguía explicando.

Claro, este chico contestaba bien a todas las preguntas, parecía bastante inteligente, podía permitirse hacer alguna de esas cosas, por eso el profesor tampoco le reprochaba demasiado, sin embargo, a otros chavales que sí que hablaban en clase les recriminaba con más dureza.

A raíz de ahí, en los descansos se acercaba y me saludaba, hablábamos un poco, y bueno, empezó a nacer nuestra amistad. Cada vez me daba cuenta de que era una persona muy inteligente, divertido, muy extrovertido y buen tío. Cada vez hablaba con más gente de la clase, y decía: «Ya que pasamos tanto tiempo aquí, ¿por qué no vamos a hablar y a conocer gente?».

Gracias a Zack pasé de estar solo durante las dos primeras semanas de clase a tener un grupo de entre siete y diez personas con las que hablar en los descansos, salir a tomar algo y divertirme. Zack siempre formaba parte de este grupo.

Fueron pasando los cursos de tercero a cuarto, y luego a quinto, y ya se iba viendo el final de los años de carrera, y la verdad es que Zack y yo nos habíamos hecho muy amigos. Yo le había podido ayudar bastante en estos tres años y él a mí también. Habíamos coincidido para hacer algunos trabajos y había visto que cuando Zack se tenía que poner en serio a trabajar, lo hacía, y lo hacía muy bien.

Cuando finalizamos la carrera nos dijimos que seguiríamos en contacto, y así lo hicimos. Nos propusimos hacer algunos proyectos que en la carrera vimos que podían tener un futuro mientras que ambos encontrábamos un trabajo para ganar algo de dinero. Al mismo tiempo que seguíamos elaborando esos proyectos fuera del ámbito universitario, nos íbamos dando cuenta de que lo nuestro no era trabajar para otros y que necesitábamos más tiempo para hacer un buen trabajo. Entre un año, año y medio después, y después de conocer a Rotom, nos centramos para intentar sacar adelante esos proyectos. Un buen equipo, así definiría la relación laboral con Zack, y personalmente, un buen amigo.

Así que después de oír su voz en el despacho diciéndome hola me asomé y me acerqué a él. Parecía que me estaba esperando, estaba de pie y de espaldas con su impoluto traje y unos papeles encima del escritorio con ambas manos apoyadas en la mesa.

Me acerqué, despacio y sin hacer ruido para no desconcentrarle, entonces fui girándome a su alrededor para verle la cara, estaba a unos veinte centímetros cuando de repente y sin que yo lo viese venir se giró muy rápidamente, con los ojos abiertos como platos, la boca cerrada y de piñón, la mandíbula lo más abierta que podía sin separar los labios y con dos corazones rojos pintados en las mejillas.

—¿Pero qué...? —dije mientras daba un pequeño salto hacia atrás, y nos quedamos mirando el uno delante del otro sin mover el gesto un ápice.

Me seguía mirando con esa cara, yo estaba estupefacto hasta que, de repente, el aire contenido en los pulmones de Zack le hizo abrir un poco la boca, lanzar una pequeña carcajada y sonreír. Entonces empecé a reír con él durante unos treinta o cuarenta segundos. Yo paré de reír y veía que él seguía riéndose mucho, y luego me dijo entre carcajadas:

—¿Sabes cuánto tiem...? Ja, ja, ja, ja. —Apenas podía articular palabra, se calmó un poco y me intentó explicar entre risas—: ¿Sabes cuánto tiempo llevo esperándote?... Antes ha entrado Jerry, yo pensaba que eras tú. Se ha puesto a mi lado, me he girado rápidamente sin saber que era él y le he puesto la misma cara... ¡Se ha marchado corriendo, tío! Ja, ja, ja, ja.

A medio camino entre risa y carcajada le dije:

—Ha tenido que alucinar ja, ja, ja, ja, ja. —Esperé un momento y pregunté—: ¿Qué tal estás, Zack?

Apenas podía parar de reír y dijo:

—Muy bien. —Mientras algunas carcajadas ahogadas resonaban en su voz—. Terminé ya el análisis de los materiales y de su estructura. Menos mal que ayer pudiste acabar con lo tuyo.

Resoplaba a la vez que asentía y dije:

—Bueno, me llevó trabajo terminar el informe, sólo hay que introducir el análisis que hiciste. Va a merecer la pena, ¡ya lo verás!

Me escuchaba atento y comentó:

—Más vale, si no Sara me come vivo je, je, je.

Fuimos caminando hacia el estudio mixto mientras le decía:

—No te preocupes, que el siguiente análisis lo hago yo y tú te encargas del informe, ¿vale?

Mientras nos sentábamos en nuestros sitios Zack contestó:

—Perfecto.

Una vez sentados en las sillas hablamos sobre la estructura de un nuevo compuesto material que habíamos empezado a diseñar hace un par de meses. Entonces Zack comenzó a decirme que este compuesto podría desbancar a unos cuantos que ya existían en aeronáutica. Yo le decía:

—Claro, ésa es la idea, mucho más ligero y resistente. Si lo producimos a gran escala podemos mantener un precio semejante.

Estuvimos cinco minutos hablando sobre ello hasta que después de un pequeño silencio comenzamos a hablar de cómo nos plantearíamos la reunión que tendríamos hoy algo más tarde. Zack me decía:

—¿Estás seguro de que quieres ir?

Le contesté:

—¡¿Me preguntas eso en serio?!

Como dije antes, Zack estaba un poco nervioso por la reunión, pero no por el hecho de la reunión, sino por la «relación» entre el señor Granados, presidente de una empresa que empezó a ser competencia nuestra cuando empezamos a crecer y que actualmente estaba pasando algunos apuros, y yo.

La historia con ese tiburón llamado señor Granados comenzó justo un par de meses antes de conocer a Rotom. Zack y yo nos dimos cuenta de que queríamos intentar sacar adelante nuestros propios proyectos y comenzamos a buscar formas de poder llevarlos a cabo. Ya teníamos algunos terminados.

Proyectos muy buenos y factibles, pero carecíamos de un nombre, una experiencia, una reputación que nos hiciera ser conocidos y valorados para que se pudieran tomar en serio.

Teníamos esos proyectos terminados, pero de cada uno de ellos sólo habíamos podido fabricar una o dos piezas físicas, aplicables muy fácilmente a la automoción, pero que a Zack y a mí nos resultaría muy caro reproducir a gran escala. Por lo que la única vía que nos quedaba era hacer todos los papeleos de patentes y registros de propiedad intelectual, dejar todo el tema de marcas y demás trámites arreglados para que nadie nos pudiera copiar de manera deliberada, y cuando todo eso estuviese hecho iríamos a intentar vendérselo a alguna empresa, ésa era la idea.

Quizás nuestro error fue intentar vendérselo de primeras a una gran compañía, pero bueno, tampoco se puede decir que fuera un error. Si no hubieran sucedido las cosas así, quizás todo sería ahora distinto.

Claro, nuestro mejor proyecto para tener éxito necesitaba una implantación a gran escala en la mayoría de vehículos, y eso para nosotros era inviable; sin embargo, la empresa que lo quisiera hacer podría enriquecerse de forma muy, muy cuantiosa.

De todas formas, también teníamos otros productos y proyectos, algunos más complejos, otros menos, más factibles, más fáciles de implantar, y luego otros que resultaban muy atractivos, que mejoraban la seguridad, con los que podíamos intentar negociar. Estos sistemas podrían salvar muchas vidas, eran algo caros, a no ser que se produjeran miles de unidades, lo que podría reducir de forma significativa su precio final.

Al principio fueron estos sistemas de seguridad los que nos servían de presentación, y fue en una de esas negociaciones donde conocimos al señor Granados. Yo era una persona muy tranquila, no me solía enfadar mucho con personas desconocidas, y menos por los negocios. No me gustaba que me afectasen personalmente. Pero este tío me «tocó las pelotas» con su mala educación y con su chulería.

Zack y yo nos disponíamos a ir a ver a un fabricante especializado en vehículos, sistemas de seguridad y algunos componentes electrónicos. Habíamos concertado una cita a las once y media de la mañana. Llegamos y su secretaria, con un tono de voz tan estridente y agudo que parecía cómico, nos ofreció sentarnos un rato.

Estábamos nerviosos, nos habíamos puesto el traje y repasábamos mentalmente todo el proyecto que íbamos a ofrecer. Zack llevaba una carpeta de tono amarillo con algunos planos y documentos, y por supuesto un contrato, por si se podía decidir algo hoy. Era complicado, lo sabíamos, pero era mejor ir preparado y no necesitarlo que no ir preparado y necesitarlo.

Eran las once y cuarenta y cinco minutos y todavía seguíamos esperando. Nosotros, de forma inconsciente, nos íbamos poniendo un poco más nerviosos. Estábamos sentados en un sofá, a la derecha quedaba la mesita de la secretaria con la puerta del presidente Granados a su espalda, y a nuestra izquierda, un ventanal enorme. El sol ascendía lentamente proyectándose hacia nosotros y nos hacía sudar un poco. El tiempo seguía pasando, las doce y cuarto de la mañana, y la puerta seguía sin abrirse. Ya nos estábamos empezando a poner nerviosos, y el calor no ayudaba. El teléfono de la secretaria no paraba de sonar con un molesto tono, demasiado agudo y rápido, algo que combinado con la voz de la secretaria podía hacer explotar la cabeza a un grillo. Estábamos pensando qué hacer, si marcharnos y tomarnos esto como una tomadura de pelo o aguantar y ver si de verdad estaría interesado en algo.

Justo entonces la secretaria se levantó, nos hizo un gesto y abrió la puerta. Nos levantamos y nos acercamos lentamente, se podía ver que el despacho era ostentoso, había estanterías de madera robusta, bonita y resplandeciente, no sé de qué tipo de árbol, pero desde luego parecía todo muy caro, unos sillones de cuero que parecían cómodos, una enorme alfombra y unas vitrinas donde había algunas piezas mecánicas.

Nos fuimos acercando a la enorme mesa que tenía el señor Granados y él, sin quitar los ojos de unos documentos, sin saludarnos ni nada, dijo:

—Tengo muchas cosas que hacer y poco tiempo que perder.

Zack y yo nos miramos, a mí ya me había molestado bastante este individuo y no tenía por qué aguantar su mala educación de forma gratuita. Yo estaba convencido de que teníamos buenas ideas, y si no era este tío sería otro el que estuviera interesado, así que le dije:

—¿Entonces por qué hemos llegado a concertar una reunión, señor?

Levantó la mirada de los documentos como si le hubiera insultado o algo, por lo menos así nos prestaba más atención. Nos miró de arriba abajo y dijo:

—Pues la verdad, no sé qué me podéis ofrecer que no tenga, ¿no creéis?

Yo no entendía nada, no entendía por qué este tío había quedado para intentar ver nuestros proyectos y luego se reía en nuestra cara, haciéndonos perder nuestro tiempo con esos tonos de grandeza y de prepotencia.

Después de mirarnos con desdén unos segundos, y como si tuviésemos algo en la ropa que le repeliese, con un gesto híbrido entre la pena y el asco nos dijo:

—Bueno, ¿y qué es lo que tenéis?

Entonces, como si no hubiera pasado nada, ni la hora de tiempo perdida, ni los malos modales, ni nada, le empezamos a comentar. De vez en cuando el señor Granados levantaba la mirada de los documentos, nos miraba, miraba un poco los planos que le mostrábamos, hacía un pequeño gesto con la cabeza y sonreía de forma sutil. Nosotros le mirábamos y aguantábamos. La presentación la hacíamos entre los dos. Le propusimos dos sistemas de seguridad activa, uno para el automóvil y otro para la motocicleta. Dos sistemas completamente pioneros y novedosos, pero a este tío parecía que le daba igual, él seguía a lo suyo.

Después de haber comentado información técnica de los productos empezamos a hablar de cifras de negocio, de precios. Le decíamos que no era algo que funcionase a pequeña escala, por eso habíamos ido a hablar con una de las más grandes y reputadas empresas del sector (había que regalarle un poco el oído). Mientras le decíamos esto, él nos miraba con gesto de pena y con sonrisa de superioridad. Le estábamos diciendo la cifra mínima de producción para rentabilizar la compra cuando, justo en ese momento, nos interrumpió y nos dijo:

—Chicos..., chicos, esto no va así. No podéis decirme que tengo que empezar a producirlo con una cifra mínima... No, no, no. Sois vosotros los que tenéis que intentar que yo os diga una cifra de unidades adecuada al precio que yo quiera. Si vosotros ni tan siquiera acabáis de aterrizar.

Acto seguido nos dijo una cifra por la compra de la idea, por las patentes, los proyectos, planos y todo. Era una miseria. Este tío debía de pensar que éramos tontos, nosotros sabíamos que estos proyectos valían mucho más, le habíamos dejado ver ciertos detalles, pero ni de broma conseguiría hacer una copia decente y con la misma funcionalidad.

Luego dijo:

—Esta cifra es inamovible, la podéis aceptar o no. Mi secretaria podría daros el cheque a la salida.

Zack y yo nos miramos, entonces Zack le dijo:

—Disculpe, señor Granados, pero creemos... sabemos que esta idea vale bastante más de lo que nos ofrece.

Entonces, de repente, el muy estúpido se empezó a reír en nuestra cara y con el mismo tono de superioridad que su mirada expresaba nos dijo:

—Chicos, pero vosotros qué sabréis. Si acabáis de llegar, sólo tenéis la idea y una unidad para implantar. El precio es justo, además en cuanto este proyecto se empiece a fabricar qué pensáis, ¿que no saldrán copias con otros nombres y alguna pequeña diferencia? Deberíais aceptar.

La verdad es que no pensamos en ningún momento en aceptar esa mierda de propuesta, así que Zack empezó a recoger. Yo le miré y entonces el señor Granados subió un poco el precio, un pellizco más, pero no era ni por asomo una cifra aceptable que representase lo que esto valía. Entonces nos levantamos de los cómodos sillones y Zack le dijo:

—Bueno, si ése es el precio que usted cree que tiene y es todo lo que nos va a ofrecer, no creemos que haya mucho más que decir.

Eso le debió de joder bastante, se pudo apreciar en sus ojos, la expresión se tornó un poco en sorpresa, pero creo que era justo lo que se merecía. Entonces le tendimos la mano y le dije:

—De todas formas, gracias por su tiempo.

Es aquí, en este momento, donde este señor se ha merecido el calificativo de «gilipollas de primera». No nos tendió la mano, las miró con gesto de incredulidad y nos dijo:

—Mis ideas son mejores, no me hace falta negociar nada con vosotros porque yo soy mejor.

Nos miramos con gesto de sorpresa, como si no nos creyésemos lo que había pasado, y nos fuimos. Según salíamos nos despedimos de la secretaria sin mediar una palabra, con un gesto. Nos subimos al coche sin decir nada, pasaron unos segundos, y entonces dijimos al unísono: «Este tío es gilipollas».

Nos marchamos, y todo el trayecto en el coche fuimos negando con la cabeza, como repasando todos los instantes de la pequeña conversación que habíamos tenido. Pensábamos que al carecer de experiencia quizás hubiera algo que le hubiéramos dicho mal, pero tal como se comportó este tiparraco desde el principio recapacitamos sobre nuestra actitud y creo que aguantamos bastante educadamente.

Yo sabía que a Zack quizás no le molestase tanto como a mí la negativa, no porque no le preocupase, sino por su forma de ser, pero a mí, ese tipo de gente, maleducada y prepotente, con esos aires de superioridad, me repateaba muchísimo, y recordaría eso durante mucho tiempo.

Un par de semanas más tarde tuvimos alguna que otra reunión con otros fabricantes, de tamaño medio o grande, pero ninguno parecía interesado. Por lo menos no eran maleducados y decían no estar interesados después de ver los proyectos. Nuestras ilusiones poco a poco se iban desgastando por las negativas recibidas, pero seguíamos paso a paso. Todavía no estábamos tan desilusionados como para rendirnos, ese punto para nosotros no existiría.

Un día fuimos a dar una vuelta y entonces vimos en una revista de prensa especializada que solíamos comprar un título curioso que nos llamó la atención: «Revolución en seguridad», decía. Miramos rápidamente las páginas correspondientes. Cuál fue nuestra sorpresa al abrirla y ver que aparecía una foto del cabrón del señor Granados sonriendo. En el texto se describían dos sistemas de seguridad muy parecidos a los nuestros, no eran iguales, tenían algo similar en su funcionalidad, pero según fuimos leyendo nos dimos cuenta de que lo básico era parecido, pero la precisión de nuestro sistema y la eficacia no estaban al alcance del paleto que nos había intentado robar la idea. Por eso, cuando hablamos del señor Granados y no utilizábamos el calificativo de «gilipollas de primera» utilizábamos el de «tiburón».

En esos momentos estábamos bastante fastidiados, molestos y desilusionados. Pero bueno, había que aguantar, habíamos tomado la decisión de hacer esto y estábamos seguros de conseguirlo. Fue entonces cuando al ver que no podíamos producir estos sistemas nos propusimos hacer otra cosa. Por lo menos intentar darnos a conocer.

En la revista especializada miramos quiénes eran los mandamases y vimos que había un editor llamado Rotom Rac y fue a él al que decidimos enviarle un escrito en el que explicábamos los sistemas de seguridad que habíamos diseñado (le enviamos referencias a nuestras patentes, fechas de inicio del proyecto, información relativa y relevante, nombres de marca originales, etcétera) para que por lo menos ellos pudieran transmitir a la gente que el sistema que se diseñó originalmente era mejor que el que se estaba llevando a producción por un tiburón llamado Granados. Al poco tiempo vimos el texto publicado y recibimos una llamada.

Llevábamos tiempo hastiados y con la moral un poco baja hasta que esa llamada nos empezó a abrir las puertas. Era el editor, y quería quedar algún día para tomar algo y que le explicásemos las ideas y proyectos que habíamos desarrollado, así como las que estaban en desarrollo. Podíamos explicarle el concepto de la idea, porque lo que transformaba la idea en algo real estaba en nuestra cabeza.

Rotom Rac nos decía que eran ideas muy buenas, que teníamos que intentarlo, que él nos ayudaría. Nos sorprendía encontrar a alguien que nos quisiera ayudar, y de forma gratuita, parecía mentira, estábamos un poco asustados pensando que quizás nos quería quitar la idea o aprovecharse, pero no.

Era un tío sincero, quería ayudarnos. Quedamos con él durante varias semanas y recuerdo que un día nos dijo: «Yo ya tengo todo lo que quiero tener y creo que ayudaros es algo positivo que puede hacer que nos sintamos mejor». Nosotros estábamos encantados, pero no sabíamos cómo nos podría ayudar hasta que un día empezó a concertar reuniones con gente del sector. Y fue así como poco a poco fuimos creciendo y creciendo.

Fue entonces cuando, como comenté antes, nos acabó llamando una gran empresa del sector, esta empresa parecía algo más seria y tenía mucho más renombre que las anteriores que habíamos visitado. Nos querían fichar para su plantilla, pero en vez de eso, a lo largo de una serie de negociaciones en las que explicamos nuestra situación y con la ayuda de Rotom, les vendimos la idea de forma que nos pagaron una cuantía que ya se asemejaba a lo que teníamos pensado. Fue muy gratificante ver que todas nuestras ideas y proyectos tenían una salida, que se valoraban y que incrementaban nuestra reputación.

En los siguientes años, la verdad es que todo nos fue de forma espectacular, sufrimos un crecimiento exponencial, tanto personal como profesional. Empezaron a surgir los negocios, nuestra empresa comenzó a crecer y crecer, comenzamos a expandirnos, globalizarnos, a dominar partes del mercado. Siempre existía competencia, pero nuestro potencial hacía que la innovación dejase a todos atrás. Hasta tal punto que las demás empresas, grandes, pequeñas e incluso fabricantes, nos llamasen para que les proporcionásemos nuestros servicios y pudiesen implantar nuestros sistemas. No había monopolio, simplemente las demás empresas no podían seguir nuestro ritmo.

Así fue como empezamos a despegar y a introducirnos en un mundo que nos ha proporcionado reconocimiento, buenos momentos y algunos no tan buenos... Todo eso es lo que nos ha tenido que pasar para que actualmente estemos donde estamos.

De esa manera fue como Zack y yo nos dispusimos a salir del estudio mixto para acudir a la reunión concertada.

Capítulo 6

Los pequeños momentos

Se podría decir que la conversación con Zack se reinició cuando las puertas de su flamante coche se cerraron, y mientras él conducía yo me dejaba envolver por el asiento. Por una parte, se notaba el nerviosismo de Zack por la reunión, pero por otra parte, denotaba la emoción de hacer algo que teníamos ganas de hacer.

La reunión la habíamos concertado en una pequeña cafetería que había en un punto concéntrico de la ciudad, no queríamos que fuese en nuestras oficinas para que en caso de una negociación hostil el señor Granados se controlase, ya que habría gente a nuestro alrededor, lo cual hace que uno no levante la voz cuando pasa algo que no le gusta.

Pasamos con el coche al lado de la cafetería mientras Zack buscaba un lugar donde aparcar. Yo miraba por la ventana con el codo apoyado en la puerta mientras él buscaba sitio. Cuando pasábamos por la carretera de enfrente de la cafetería vi, a lo lejos, al que me pareció ser el señor Granados a punto de sentarse, pero con un aspecto mucho más agotado que hace años. Parecía que había envejecido mal y que el peso de sus malos modales y malas artes le había pasado factura. Fue un simple momento pasando con el coche pero presagiaba que la reunión iría bien. El aspecto del señor Granados, con marcadas ojeras, ropa oscura y algo arrugada, y el pelo ligeramente desaliñado indicaba que no estaba en su mejor momento. Mientras le observaba ese par de segundos desde el coche llegué a la conclusión de que le iban las cosas peor de lo que pensaba. Sólo esperaba que su comportamiento fuese más humilde y más respetuoso en la reunión de hoy que en la que tuvimos anteriormente, sólo de esa forma podríamos llegar a un acuerdo.

Después de dejar atrás la cafetería, a los pocos metros, Zack dijo:

—Te pillé je, je, je. —Y frenó el coche de golpe. Había visto un sitio e iba dispuesto aparcarlo ahí.

Me quedé mirando el sitio, luego miré a Zack con el ceño fruncido y le dije:

—Ni de coña metes el coche ahí a la primera... ¡Ni de coña, tío! —Mientras una sonrisa marcaba el desafío.

Yo sabía que entraría al trapo en cuanto me viese sonreír, entonces pude ver cómo Zack se ponía más serio y me dijo:

—¿Seguro que no quieres salir del coche para ver cómo aparca un hombre de verdad?

Me quedé mirándole y empecé a quitarme lentamente el cinturón. Abrí la puerta del coche y cuando estaba a punto de salir me di la vuelta y con una mano apoyada en el techo y la otra en el marco de la puerta, asomé la cabeza hacia el interior y le dije:

—Me salgo del coche porque luego me vas a pedir ayuda para que te guíe para aparcarlo.

Di un golpecito en el techo y cerré la puerta sonriendo, él me miró y se empezó a reír. Pude oír una voz diciendo desde el interior:

—Chaval, yo soy un *crack*.

Me giré y me puse a caminar hacia la acera con una gran sonrisa.

El hueco que quedaba para aparcar era bastante justo para poder meter el coche de Zack a la primera, delante había un todoterreno negro enorme y detrás, un coche utilitario desgastado y viejo. Zack dio marcha atrás y empezó el baile. Pude ver en su gesto la seriedad e intranquilidad que pone igual que cuando estamos trabajando y algo no sale como pensábamos. Miraba una y otra vez los retrovisores, luego el sitio, y luego volvía a mirar los retrovisores, todo a intervalos de tiempo muy reducidos para conseguir aparcar a la primera. Yo observaba el espectáculo desde la acera y podía ver que el coche realmente cabía, pero había que ser un *crack*. Zack empezó a mover el coche y se dio cuenta de que no lo había hecho en la trayectoria correcta, así que tuvo que moverlo hacia delante para volver a colocarlo. Cuando se asomó por el retrovisor de la derecha pude asomar mi cabeza por la ventana y sonreírle, lo cual le hizo ponerse más nervioso, ya que tenía ansias de demostrarme lo bien que aparcaba su cochazo.

Estaba inmerso en su maniobra cuando yo vi un coche a lo lejos que se acercaba. La calle era de un carril único y de un sentido, con coches aparcados a la derecha y a la izquierda. Zack intentaba aparcar a la derecha, y yo, de pie en la acera, estaba al lado del hueco vacío. De vez en cuando pasaba alguien caminando cerca de nosotros, miraba durante un par de segundos el cochazo de Zack y seguía su camino. Entonces vi cómo el coche que estaba a lo lejos frenaba para esperar a que mi amigo terminase de aparcar. Yo sabía que esto le pondría más nervioso, volví a agachar la cabeza, me asomé por la ventana derecha y con una sonrisa de oreja a oreja le señalé el coche que estaba detrás. Zack miró por el retrovisor y con una mezcla de risa y seriedad empezó a maniobrar una y otra vez sin dejar de mirar los retrovisores y el hueco. De vez en cuando levantaba la cabeza ligeramente para ver la parte delantera del coche.

Pasaban los segundos, varios segundos, y Zack seguía intentándolo, por supuesto sabía que no lo había aparcado a la primera como yo le dije, pero su orgullo le impedía darme la razón, hasta que de repente, después de unos cuantos segundos intentándolo e intentándolo, después de que estuviese moviendo el coche veinte centímetros para delante, veinte centímetros para atrás, como si estuviese intentando aparcar el coche con un movimiento vibratorio, en toda esa divertida tensión, sonó una bocina. Esa bocina ni siquiera era del coche que estaba detrás de nosotros, sonó por otra calle, pero a Zack debió de parecerle que era la del que había detrás. Entonces yo, que estaba de pie, mirando un poco el coche de Zack, vi cómo la ventanilla de la derecha se bajaba, me asomé nuevamente, y me dijo entre medio risas y con las mejillas un poco rojas:

—Tío, ayúdame, que me muero de vergüenza.

Me quedé mirándole seriamente y le contesté:

—¿Pero estás seguro?, si en el hueco cabe el coche.

Él siguió mirándome con una sonrisa y negando con la cabeza, como riéndose. Le dije:

—Venga, que yo te echo un cable ja, ja, ja, ja, ja.

Subió la ventanilla y le hice gestos para que pudiese aparcar correctamente. La verdad, no esperaba vivir un momento tan divertido por una cosa así, tan normal.

Cuando Zack hubo salido del coche miró el vehículo que estaba detrás y le pidió perdón con la mano, como disculpándose por haberle hecho esperar. El conductor le hizo el mismo gesto de forma amistosa y con una sonrisa en la cara.

Fuimos caminando unos cien metros por la calle bajo la luz del día soleado. Íbamos impolutos, y al echar la vista atrás el orgullo afloró en mí en ese instante: recordaba cómo estaba hace unos pocos años, e incluso meses, y al vernos ahora, trajeados y dirigiéndonos a una reunión, comprendí que las cosas iban muy bien.

Según caminábamos las pisadas en el suelo cuadraban perfectamente con la música que uno lleva dentro, acompañado con un leve movimiento de cabeza. Íbamos comentando cosas sin demasiada importancia. Yo le decía que tendríamos que salir a pasear en moto un día de éstos, él asentía con la cabeza mientras me decía que le apetecía cambiar de moto. También le pregunté qué tal estaba Sara, su novia, llevaban juntos bastante tiempo y se les veía tan felices que impregnaban de alegría y de risas a quienes les rodeaban.

Como ya he comentado, Zack siempre estaba de buen humor… bueno, casi siempre, en ciertos momentos de debilidad se le podía ver preocupado, algo apagado o mustio, pero la verdad, era una de esas personas que tenía una perspectiva de las cosas que hace que su visión siempre sea positiva.

Paso a paso nos íbamos acercando a la cafetería, sólo nos faltaba recorrer una calle con unas cuantas tiendas, doblar la esquina y a unos pocos metros ahí nos estaría esperando Granados. Según hablábamos, Zack se detuvo en el escaparate de una joyería y vio algo que le llamó la atención. Le pregunté si todo iba bien, me miró con gesto serio y me dijo: «Nunca fue mejor», mientras que una sonrisa en los labios decía todo lo demás. Le puse una mano en la espalda y seguimos caminando, sonriendo. Sabía que Zack había visto algo que le había entusiasmado, pero dada su forma de ser no me lo diría.

Cuando doblamos la esquina de la calle de las tiendas vimos la cafetería y a Granados esperando. No paraba de frotarse las manos ni de mover la boca, como si estuviera diciendo algo para el cuello de la camisa. Él no nos había visto, estaba esperando impaciente. Mientras nos acercábamos sin que él nos viera parecía que nosotros nos hacíamos más grandes y él, más pequeño. Cuando estuvimos a una distancia considerablemente cercana Granados giró la cabeza hacia nosotros. No sabría interpretar la cara que puso: por una parte se asemejaba a la alegría, pero por otra, el gesto era el que uno pone cuando sabe que ha metido la pata hasta el fondo. Cuando pestañeó lo hizo tan lentamente que se dejó ver en su rostro el enorme esfuerzo que estaba haciendo para hacer lo que iba a hacer.

Levantándose de la silla con toda la amabilidad que podía expresar, sorprendentemente más de la que nosotros pensábamos, Granados nos dijo: «Buenos días», mientras nos tendía la mano y nos ofrecía sitio para sentarnos.

Nosotros le saludamos como si no hubiese habido ningún roce, como si no hubiese ese reclamo de rencor y decepción, como si esa pelotita de nieve que crece y crece según lo recuerdas no pudiese girar y hacerse más grande. Simplemente le saludamos.

Tomamos asiento los tres y Zack le dijo al señor Granados:

—Bueno, ¿le apetece tomar algo? —El señor Granados asintió con la cabeza mientras Zack comentaba—: He oído que la especialidad aquí son los bollitos rellenos de dulce de leche.

Granados, agradecido, comentó con una fina línea de voz:

—Sería perfecto.

Yo miraba atentamente a Granados pensando en cómo una persona que aparentemente había tenido tanto, por no decir todo, podía estar en esta situación ahora. No debió de gestionar bien sus inversiones y capitales, y lo más importante, no innovó ni se actualizó. Ahora era él el que tenía que venir a nosotros.

Toda esta situación, toda esta «revolución», todos estos cambios en nuestro entorno laboral, todo esto había pasado en nuestro sector por un hecho muy simple y que cada vez que pensábamos nos resultaba más y más gratificante. La situación en este mercado estaba así por nuestra entrada en él, quiero decir, nuestra empresa realizó modificaciones tan imponentes tecnológicamente que nosotros éramos los que íbamos rompiendo las barreras tecnológicas impuestas a los fabricantes y a la industria auxiliar, por lo que todas las empresas que no se actualizasen o renovasen irían perdiendo fuerza y difuminándose hasta desaparecer. Algunas de las otras empresas es cierto que habían sobrevivido, ya que se habían aliado con otras del sector formando conglomerados para coexistir. La nuestra estaba a la cabeza, nosotros arrasábamos, y sabíamos que la situación actual de la empresa de Granados era crítica.

Sabíamos que él no había querido aliarse con nadie. Dada su forma de ser no me extrañaba, aunque también pensé que muchas empresas pasarían de él. Desde luego, Granados no tenía aspecto de ser alguien muy colaborador, aunque después de todo, esta vez él se había puesto en contacto con nosotros.

Charlamos de varias cosas sin demasiada importancia durante unos minutos, algunos proyectos que habíamos visto de la competencia que podían ser interesantes, etcétera. Dado que también participaba en nuestro sector era fácil hablar con él, a pesar de todo, algo de conocimiento sí que tenía. Al terminar de hablar y hablar de cosas nimias llegamos al que era el tema en cuestión. La situación de su empresa era penosa.

En esencia comentamos de forma sutil y sin ser grotescos ni catastrofistas que tenía capacidad de producción, mano de obra muy cualificada y recursos, pero por culpa del señor Granados su barco se hundía. Esa empresa carecía de carácter e innovación. Después de las artimañas vistas a comienzos de nuestra carrera por parte del Granados no me extrañaba en absoluto. De todas formas, su manera de reaccionar frente a nuestros comentarios fue muy calmada y tranquila, desde luego costaba creer que fuese la misma persona. Claro que hay gente que nunca cambia.

Después de un pequeño silencio hubo un momento en la reunión, justo después de terminar el café y tomar los últimos bollitos, en el que algo de lo que caracteriza a Granados salió a la luz. Esa prepotencia inconsciente salió a la luz un instante con un comentario muy absurdo y a la vez muy afilado. Hablábamos de nuestros proyectos iniciales y él reconoció uno de los que nos «copió» y dejó caer, como si la palabra pesase en el ambiente, como si el mundo se hubiese encogido:

—Ah, sois «vosotros».

Esa forma de decir «vosotros», esa chulería, esa misma voz y ese tono con el que nos dijo: «Mis ideas son mejores, no me hace falta negociar nada con vosotros porque yo soy mejor», eso fue lo que nos hizo reconocerle y lo que hizo que él mismo se diese cuenta de con quién estaba hablando.

Seguramente nosotros no éramos nadie para él el día que fuimos a visitarle y no tenía ni el más mínimo interés en hacer tratos con nosotros, pero ahora se quería arrimar a nosotros sin ni siquiera recordarnos.

Yo sabía perfectamente que Granados seguía siendo ese, digamos, «tiburoncillo» que me pareció ver la primera vez que nos conocimos. Pero desde luego, la reunión de hoy me sirvió para darme cuenta de que el aspecto, la fachada, la indumentaria y todo lo demás sólo eran teatro. Granados seguía siendo el mismo gilipollas de siempre, pero Zack y yo no éramos tontos, y precisamente para casos como éstos era para lo que yo estaba sobradamente preparado. Ese tiempo derrochado en la cafetería hablando de cosas sin importancia, esos minutos de espera de Granados, esa forma de hablarle, esa forma de ver cuánta paciencia tenía, esas recomendaciones. Era todo una táctica, al igual que cuando alguien va a buscar trabajo. Queríamos ver si realmente este hombre se había «rehabilitado» para poder ayudarlo y crecer juntos. Zack me había convencido para intentarlo. Pero no, no parecía que mereciese la pena crear algo con ese tiburón enganchado a nuestras espaldas cual sanguijuela.

De ese modo, cuando Granados hizo aquel comentario —«Ah, sois “vosotros”»—, él se dio cuenta y nosotros también. De modo que Zack empezó a sacar de su cartera unos contratos, los contratos que teníamos preparados para este caso.

Cabe decir que teníamos dos tipos de contrato: uno para el caso de que Granados lo hubiese hecho decentemente y nos hubiese convencido de que realmente había cambiado y merecía la pena ayudarle, y otro, que era el que le íbamos a mostrar.

En este acuerdo todo lo que se decía era positivo: los empleados seguirían trabajando, se crearían nuevos departamentos, los sueldos de los trabajadores se mantendrían e incluso subirían y un largo etcétera de condiciones que haría que los empleados estuviesen protegidos y tranquilos.

Sólo había una condición: nosotros comprábamos la empresa de Granados, nos la quedábamos, todo nuestro. Mantendríamos todo como estaba, pero Granados no iba a estar en ella. Si él hubiese sido una persona decente habría podido actuar como director, es más, podría haber gestionado toda su empresa igual que hasta ahora, sólo que insertando nuestros productos. Era lo que llevábamos en el contrato alternativo en caso de otra reacción más humilde. Pero al haber sido así su oportunidad ya había pasado. Sabíamos que a él personalmente la empresa le estaba costando dinero, y que le hacía perder y perder. Sinceramente, dentro de poco este hombre tendría que empezar a deshacerse de varias de sus pertenencias, ya que era una de esas personas a las que les gustaba vivir en exceso. Era hiriente ver los sueldos de sus empleados, hasta sus más altos cargos, y ver cómo él actuaba así, sin ningún reparo.

Comenzó a leer el contrato, sacó unas pequeñas gafas, se las puso con suma cautela. Se podía ver el nerviosismo en sus ojos, estuvo leyendo un par de minutos, y cuando terminó nos miró con detenimiento. El trato que le ofrecíamos era el siguiente: las anteriores condiciones acerca de su empresa y de sus empleados a cambio de una cifra monetaria bastante discreta que cubría perfectamente su valor, pero sin excederse apenas. De repente vi algo que me hizo sentir inmensamente bien, y me reconfortó, no soy una persona especialmente rencorosa, pero sinceramente a este personaje…

Se podía ver ira en su rostro, escozor, incluso vergüenza. Sus cejas se querían agarrar la una a la otra, su ceño se frunció, sus manos se apretaban entre ellas como en un combate de lucha, se podía ver perfectamente que estaba enfadado y que sabía que esto era así por su culpa. Zack y yo sentíamos regocijo, verle así nos agradaba, era una persona detestable y desagradable. Sabíamos que Granados no se ponía así por la cifra en sí, sino porque sabía que se había equivocado con nosotros. Ese dinero le daba a una persona para vivir sobradamente dentro de unos parámetros buenos, sólo que él no estaba acostumbrado, él tendría que dejar de tener muchas, muchas cosas que ya tenía, muchos «lujos».

Por si fuera poco, no dejaba de mirarnos con mala cara y con odio, pero yo ya estaba cansado de él, y con todas mis ganas, con el recuerdo fresco de la primera y única vez que nos reunimos le dije:

—Granados, puedes hacer dos cosas: negarte y no firmar este acuerdo, por lo que arrastrarás a tu propia empresa a seguir con pérdidas, o firmar esto, que es tu única alternativa para que pueda seguir adelante. —Seguido de una sonrisa agradable pero recia y que podía eclipsar cualquier palabra del entorno.

Él me seguía mirando fijamente, Zack nos miraba a ambos como si estuviera presenciando un combate de boxeo. Yo no pensaba dejar que este tipo me intimidase con una mirada. A los pocos segundos, como si del hundimiento de un barco se tratase, la expresión de Granados se relajó un ápice. Ahora sólo me miraba con cara de odio. Se puso en pie, sacó un bolígrafo de su bolsillo interior, firmó el contrato. Se terminó de levantar, y cuando estaba a punto de irse Zack le tendió la mano. Granados, sorprendido, le miró y parecía que dudaba si dársela o no hasta que Zack dijo algo que se sobrentendía:

—Yo te invito al desayuno.

Granados relajó el gesto un instante y le tendió la mano a Zack hasta que se percató de que tal como lo había dicho, parecía una propina o limosna ardiente. Granados apartó la mano rápidamente, yo me puse en pie, y pese a que no quería hacerlo le tendí la mano. Me miró de arriba abajo negando con la cabeza, me estrechó la mano sin quitarme la mirada de los ojos y, de repente, noté un fuerte apretón que sobrepasaba cualquier tipo de amistad para intentar hacerme daño.

Mi gesto fue una auténtica obra de arte al sentir el apretón que Granados intentaba darme para herirme. Reaccioné levantando levemente el labio superior, como la sonrisa que le muestras a un niño pequeño cuando te pega y no conseguir hacerte daño. Le dejé disfrutar su momento hasta que yo apreté con algo más de fuerza durante un corto instante, le vi apretar los labios frente al dolor del apretón y para culminar le dije sonriendo:

—Espero que ahora sepas quiénes son mejores.

Granados despegó la mano de un tirón brusco, como un niño insolente, y se fue caminando con paso rápido. Zack y yo vimos cómo se marchaba, y cuando hubo desaparecido tras unos carteles y una esquina nos miramos profundamente a los ojos y medio sonreímos. No sonreímos del todo porque pensábamos que Granados hubiese cambiado realmente.

Pasaron unos pocos minutos de reflexión sobre la conversación y al cabo de un rato Zack me dijo:

—Qué gustazo, tío. —Le miré intentando ocultar mi sonrisa. Luego comentó—: ¿Qué ha sido ese apretón de manos?

Me giré sobre mi costado un segundo para estirar la espalda y le dije:

—Se lo ha buscado. —Con tono serio pero algo informal.

Zack se empezó a reír y yo acabé confesando:

—Qué gustazo.

Nos quedamos varios minutos hablando y riendo, disfrutando de la situación. Todo iba sobre ruedas. Mientras hablábamos de diversos temas podía ver cómo la tensión se esfumaba a medida que las palabras brotaban con calma.

A todos nos resulta familiar esa sensación, es la que tenemos después de hacer algo que nos lleva incomodando largo tiempo. Es parecido a cuando tienes una piedrecita en el zapato. La piedrecita al principio se mueve de un lado para otro, da igual que sea pequeña, la notas y la sientes, no te permite caminar con normalidad. Puedes escoger dejarla en tu zapato por la pereza del hecho de agacharte o puedes quitártela. Muchas veces la piedrecita va formando parte del zapato, es como si ya supieses que ese zapato tiene esa piedrecita. Siempre te molestará a no ser que la quites. El caso es que cuando la quitas y te vuelves a poner ese zapato parece otro, ni siquiera parece el mismo que tenías antes. Al volver a ponértelo tu cuerpo agradece tanto ese gesto que te obsequia con una sensación de alivio y despreocupación incrementada con respecto a la primera vez que te lo pusiste.

Nosotros nos habíamos quitado, no una piedrecita, sino una piedra dura, afilada, puntiaguda y, sobre todo, incómoda. La conversación nos iba acomodando, la piedra se iba ablandando, se iba redondeando hasta dejar de notarse, y ambos sentimos una sensación de tranquilidad que reflejábamos con sonrisas, chistes, palmadas en la espalda y demás gestos cordiales.

Iba atardeciendo y la cafetería tomaba ese tono anaranjado que tienen todas las cosas cuando el sol cae. Podíamos ver un espectro de tonos rojos, naranjas y amarillos entre los edificios que entraban por todos los resquicios y todas las ventanas. Las ventanas reflejaban la luz sobre ciertos puntos del suelo, produciendo destellos. Los coches provocaban más reflejos sobre nosotros, y todo parecía alcanzar un grado de comodidad que parecía inusual. Pasaba ligera y animadamente el tiempo y se nos hizo hora de volver a las oficinas.

Ambos nos pusimos en pie y, dirigiendo una mirada irónica a Zack, le dije:

—¿Necesitas ayuda para sacar el coche de donde lo aparcaste?

Me miró riendo y dijo:

—No sería mala idea.

Los coches estaban exactamente en la misma posición, aprisionando el coche de Zack. Él se subió y yo, desde fuera, le ayudé un poco. En cuanto lo hubo sacado con mucha calma y tranquilidad me subí, y al igual que antes de la reunión, me dejé envolver por sus asientos.

Pusimos un rato la radio, la música dejaba unos instantes muy agradables para pensar en nuestras cosas. Intentaba organizarme un poco acerca de lo que haría el resto del día, pero por lo pronto lo primero era llegar a la oficina, clasificar y revisar otra vez las cláusulas que nos habían permitido blindar los contratos. Luego habría tiempo de pensar qué hacer.

Fuimos hablando el resto del trayecto hasta llegar a las oficinas.

Capítulo 7

Todo en orden

Subimos hasta nuestra planta por la escalera principal, nos cruzamos con Jerry y le comentamos que nos acompañara a nuestro estudio. Asintió con la cabeza y vino con nosotros. Subimos lentamente las dos plantas mientras le contábamos que habíamos cerrado el trato, el cual él sabía que era importante. También le comentamos que dentro de poco habría que hacer algún cambio importante. Luego, suavemente, le dejé caer un: «Pero todo cambio para mejor».

Los tres hablábamos y celebrábamos la situación, a Jerry le dimos a entender que estábamos muy contentos con su trabajo, le tendimos la mano y le acompañamos a la puerta del despacho. Jerry, con una sonrisa enorme, nos dijo:

—Si queréis, me encargo yo de guardar ese contrato y vosotros seguís celebrándolo.

Todo lo que hicimos fue decirle de forma muy sincera que muchas gracias mientras él cerraba la puerta mirando lentamente hacia el suelo. La puerta apenas se hubo cerrado cuando Zack me dijo:

—Si no le conociera bien diría que Jerry es un pelota.

Con una áspera sonrisa contesté:

—Bueno, es un buen tío, creo que dentro de poco debemos recompensarle.

Zack asintió y nos sentamos unos minutos a hablar.

Zack me sorprendió al empezar a hablar de Sara, su novia. Decía que estaba muy a gusto con ella y que le haría mucha ilusión que saliésemos a cenar los cuatro para celebrar su cumpleaños, que era al día siguiente, aparte de que ya hacía varios meses que no coincidíamos todos. Acordamos salir a cenar al día siguiente, que era viernes, y así también podríamos celebrar que habíamos cerrado el acuerdo de hoy, era perfecto.

En cuanto confirmamos hora y lugar, Zack salió por la puerta para llamar a Sara, y yo, mientras esperaba, llamé a Laura.

Su voz sonó suave, como siempre, acariciándome el oído.

—Hola, cariño. ¿Qué tal el día? —Qué alegría desprendía, sabía que estaba sonriendo sólo por su tono de voz.

—Todo perfecto, estamos muy contentos, todo ha ido de maravilla. —Pude oír un pequeño sonido de alivio por su parte. A continuación dije—: ¿Qué te parece que salgamos mañana a cenar Sara, Zack tú y yo?, es el cumpleaños de Sara y nos han dicho de salir a cenar.

Ella, loca de alegría, me dijo:

—¡Claro que sí! Qué bien, me apetece mucho. —Dio un pequeño suspiro y añadió—: Tendríamos que ir a comprar el regalo mañana por la mañana.

Se apreciaba que Laura se alegraba muchísimo de que la reunión hubiese salido tan bien, eran su tono de voz y su forma de hablar los que la delataban.

Justo al terminar la llamada con Laura, Zack volvió a entrar por la puerta.

—¿Todo OK?, pues quedamos así. —Se pasó la mano por el pelo y me dijo—: Gracias por todo. —Mientras me miraba con gesto serio a los ojos.

Yo le devolví la mirada y le dije:

—No me tienes que dar las gracias. A nosotros también nos apetece salir a cenar.

Estaba claro que Zack no se refería sólo a la cena, sino a una situación que él siempre tenía presente y que ocurrió tiempo atrás.

Hace tiempo, la relación de Zack con su novia parecía que se enfriaba. Nosotros dos pasamos mucho tiempo hablando y hablando de eso. Se le saltaban las lágrimas sólo de pensar que se podía acabar su relación. No me gustaba ver así a mi amigo. Pero actualmente parecía que las cosas entre ellos se habían arreglado.

Ocurrió hace algo menos de un año, él no sabía qué le pasaba, no entendía por qué no podía estar relajado con ella. Era como si de repente no tuviese las cosas claras en cuanto a sus sentimientos, y en vez de hablarlo con Sara, se calló. Desde ese día las cosas fueron empeorando entre ellos: él se mostraba más reacio a contar ciertas cosas, ella lo notaba y apenas sabía cómo entablar conversación con él, y así durante varias semanas.

Claro está que todo tiene un límite, y Sara, después de estar aguantando y aguantando y preguntando qué pasaba, dijo que no podía seguir así. Que ella no podía aguantar así sin motivo alguno. Fue entonces cuando Zack, asustado y confuso, acudió a mí.

El pobre estaba muy alterado, no sabía qué hacer, no paraba de moverse, se sentía angustiado, era como si algo le causara pánico irracional a algo que no entendía. Él era una persona muy inteligente, pero se encontraba ante una situación con la que nunca había lidiado. Estaba preocupado, no veía respuesta a esa situación, su confusión era máxima.

Hablaba y hablaba con él, y parecía que lo único que iba descubriendo, poco a poco, como si distintas puertas de su cerebro se abriesen, era que estaba enamorado. El pobre, al principio, sentía pánico porque no sabía qué le pasaba, no sabía por qué sentía una cosa por dentro que le hacía querer estar con ella más de lo que estaba, como si no pudiese estar cómodo porque la quería más de lo que podía expresar.

Estaba en un punto de confusión tal que no conseguía apenas apartarla de su cabeza, y cuando lo conseguía se sentía mal. Fue después de varias conversaciones durante días y días, conociendo una nueva faceta de mi amigo, conociendo sus sentimientos más íntimos, cuando le dije a Zack que hablase con Sara. Tenía que decirle todo lo que pasaba.

Fue curioso ver cómo una persona tan inteligente se desmoronaba por amor. En todo su cerebro racional no quedaba espacio para entender el sentimiento del amor.

Al cabo de unos días Zack se presentó en mi casa y nada más abrir la puerta me abrazó muy fuerte y me dijo al oído:

«Eres la persona más inteligente que conozco», yo, perplejo, le abracé fuerte.

Zack salió por la puerta, nos veríamos a la mañana siguiente y por la noche saldríamos a cenar los cuatro. Según se hubo marchado, me levanté de mi asiento, pensé durante varios minutos en la suerte que tenía. Todo marchaba genial, estaba muy a gusto y muy contento.

Volví a sacar mi teléfono y llamé a Laura de nuevo. Hablé con ella cinco minutos y le dije que antes de llegar a casa quería pasar a ver a mi familia, a mis padres, a mi hermano Emi y a Dama, nuestra perrita. Me apetecía mucho estar un rato con ellos, sabía que mi hermana Mabel no estaría en casa, ella ya tenía su hogar con su marido y con sus hijos.

Salí de la oficina en moto con calma y fui hacia las afueras de la ciudad, donde mis padres tenían la casa donde me crie.

Era una casa maravillosa, lo suficientemente grande para que todos viviésemos con nuestro espacio. La zona era muy tranquila, alejada del alboroto de la ciudad. Tenía un jardín grande donde Dama tenía su caseta y donde podíamos jugar y correr con ella. Siempre que lo recordaba pensaba para mis adentros: «Me encanta esa casa».

Mi hermana fue la primera en marcharse cuando se casó, yo el siguiente cuando me fui a vivir con Laura. Mi hermano, sin embargo, estaba muy a gusto en casa, se llevaba estupendamente con mis padres, y dado que ésta era bastante grande, y más ahora que estaban ellos tres con Dama, no solía haber problemas de convivencia. La verdad es que me gustaba que Emi estuviera en casa, sentía que mis padres estaban más seguros.

Cuando llegué con la moto me encontré con Koke, un viejo amigo de cuando era niño. Estuvimos hablando durante un largo rato, la verdad es que me encantaba entablar conversaciones con mis antiguos amigos. Siempre recordábamos alguna historia, gamberrada y trastada que habíamos hecho. Recordamos unas cuantas caídas y golpes que nos dimos con otros tres amigos más, Agus, Mac y Gabi, cuando jugábamos a descender carreteras tumbados encima de los monopatines. Koke y yo nos estuvimos riendo durante unos cuantos minutos sin parar al recordar uno de los momentos más divertidos de nuestra infancia. Ahora era gracioso recordarlo, pero en ese momento me acuerdo de que fue tan doloroso como divertido, y fue mucho de ambos.

Nos disponíamos a echar una carrera tumbados en los monopatines, íbamos a descender por una inclinada carretera. Este tipo de carreras eran tan divertidas como peligrosas, con el pecho apoyado en las tablas y dándonos impulso con las manos. Encima de los monopatines podíamos llegar a alcanzar velocidades que realmente te hacían sentir un miedo intenso, pero éramos niños y lo que queríamos era divertirnos. El riesgo y el miedo no entraban en nuestros planes.

La escena tenía que ser impactante para una persona ajena a nosotros: cinco chavales (Koke, Agus, Mac, Gabi y yo) dispuestos a jugarse el pellejo con unos monopatines, inconscientes del daño que se podían hacer, todos rondando los diez años de edad, alguno con algún año menos, otro con algunos años más, de hecho yo era el mayor.

Realmente teníamos «controlada» la calle porque ésta estaba cortada para que no pasasen los vehículos. Había una especie de macetas grandes de hormigón que cortaban la carretera al final de nuestra «pista». La salida estaba marcada por unos contenedores de basura que estaban situados al empezar la cuesta. Debajo, la carretera descendía en torno a cien metros con suficiente inclinación como para que tuvieses que echar mano de los frenos en una bici al bajar. Al terminar la cuesta había como unos cincuenta metros de carretera, que se allanaba hasta tener un pequeño repecho que nos hacía frenar un poco, y la carrera finalizaba justo al comenzar ese pequeño repecho, que estaba marcado por una farola y una pequeña grieta en el suelo.

Cuando te haces mayor quizás no te fijas en esas cosas, pero cuando eres un niño que juega con sus amigos lo normal es que con la imaginación y los detalles crees un mundo, y créeme, esa grieta significaba mucho. En el lado izquierdo de la carretera estaba la acera, con un bordillo bastante intimidante, y en el derecho estaba lo «más divertido»: una especie de cuneta a la que podías caer, ya que ese borde caía en pendiente hacia una zanja de un metro de profundidad en la que había arena y unas pocas zarzas y plantas. Ese «detallito» era el que hacía que fuese tan interesante hacer estas carreras.

Antes de comenzar, al igual que en las competiciones reales de coches o de motos, decidíamos los puestos en los que íbamos a salir en la parrilla. Nosotros decidíamos quién iba a salir por el centro de la carretera (zona más segura), quién por la izquierda (zona de riesgo medio) y quién por la derecha (zona de alto riesgo debido a la zanja). Ese día me tocó salir por la zona izquierda, justo a mi derecha estaba Gabi; Koke, justo a la derecha de Gabi, es decir, por el centro; luego Agus, y por último, pegado a la derecha, Mac.

Así que cuando estábamos todos situados en nuestras marcas y dispuestos a salir yo, desde mi posición, eché un vistazo hacia la derecha y observé las caras de mis amigos. Nunca pensé que ese recuerdo sería uno de los que siempre tendría en mi memoria. Al recorrer con la mirada las caras de mis amigos observé más atentamente la cara de Mac mientras esperaba el inicio de la carrera. Era un poema, se podía leer el miedo en sus ojos, pero un miedo divertido, ¡acojonado pero con ganas!

Si me concentro todavía puedo sentir el aumento en los latidos de mi corazón, acelerándose sin parangón. El riesgo de pensar en la caída, la velocidad que se siente al ver pasar el suelo tan cerca, el sentir el ruido de las ruedas de los cinco monopatines a toda velocidad alrededor de ti como envolviéndote.

Justo cuando miré a Mac vi que una pícara sonrisa por su parte me desafiaba. Así que, dispuestos a salir, Mac se preparó y esperó a dar la salida (esa era nuestra regla, el que sale por el peor sitio, la derecha de la calzada, es el que da la salida). Fue un simple grito de «YA» el que hizo que todos nos abalanzásemos sobre nuestros monopatines. Según apoyábamos el cuerpo en la tabla nos íbamos impulsando con los brazos, cual remo para una barca, y acelerábamos por la pendiente sin que ninguno de nosotros terminase de destacar con respecto al resto.

Pasaron unos cuantos metros cuando empezaron a verse algunas diferencias en cuanto a la velocidad. Gabi, Koke y yo veíamos cómo Agus y Mac se iban alejando poco a poco hasta llevarnos un cuerpo de ventaja. Cuando ellos se pusieron delante nosotros intentamos ponernos justo detrás hasta que, de repente, algo pasó entre Agus y Mac.

Vi que se juntaron demasiado y el monopatín de Mac se cruzó delante del de Agus, así que atravesaron la calzada entera de derecha a izquierda hasta quedarse completamente parados, obligándonos a desplazarnos un poco hacia la derecha para no estrellarnos con ellos. Mientras, yo me adelantaba un poco respecto a Gabi y Koke, y podía oír sus gritos de frustración. Con Agus y Mac retirados de la carrera la victoria estaba en mi mano. Pero nada más lejos de la realidad.

Mi corazón latía como una desembocada locomotora, sentía las piedrecitas saltando y golpeando en la tabla del monopatín, eufórico por mi inminente victoria. El aire me golpeaba y despeinaba mi pelo, no existía mundo en ese momento, sólo existían esa pendiente y nuestros monopatines. Todo se reducía a ver quién ganaba. En ese momento estábamos tan concentrados en la carrera, en no salirnos de pista, en ganar, que nada más tenía importancia.

Seguía avanzando hasta que giré la cabeza para mirar cómo iban Gabi y Koke. Ellos estaban disputando una interesante lucha a unos tres metros de distancia de mis pies, Gabi parecía que se había adelantado un par de metros a Koke. Nadie me dijo que girar la cabeza en ese momento sería el error más grande de esa carrera.

Recuerdo perfectamente la ropa que llevaba ese día: unas zapatillas marrones de deporte, unos vaqueros, y lo que es más importante, una sudadera con capucha, la cual se ajustaba con un par de cordones que colgaban del cuello. Quizás ahora os hagáis una idea de por qué me acuerdo tan bien de la ropa que llevaba.

Al girar la cabeza para mirar cómo iban mis amigos pude ver cómo los cordones de mi sudadera, que iban saltando sobre la tabla, se movieron ligeramente por encima de ésta. Rápidamente dejé de prestar atención a mis amigos e intenté mirar hacia delante para volver a ver la carretera. Cuando giré la cabeza los cordones se volvieron a mover, fue entonces cuando uno de éstos saltó de la tabla y empezó a bailar sobre el asfalto. Mis ojos se abrieron como nunca, y justo cuando empecé a girar otra vez la cabeza para mirar hacia mis amigos y alejar el cordón del asfalto pude ver con el rabillo del ojo cómo inocente pero peligrosamente el cordón, en un destello rapidísimo, como si fuese un caracol metiéndose en su «casa», se enredó a tal velocidad con el eje de la rueda que tensó la capucha y me empujó la cara contra el suelo dándome un golpe contra el asfalto y frenando el monopatín con la cara, dejando mi mejilla izquierda herida.

Apenas podía moverme porque el cordón estaba aprisionando mi cabeza con el monopatín. Sólo quería soltarlo y echarme la mano a la cara porque el escozor y el dolor me estaban empezando a salpicar en la mejilla. En ese mismo momento pude oír una voz decir: «¡Ooohhh mierdaaa!», y como si un coche me arrollase, algo me dio un golpe muy fuerte en las piernas, como si me golpease un martillo de proporciones gigantescas. Pude sentir el impacto desde los pies hasta la cabeza, recorriendo todos mis huesos. Y de repente apareció Gabi tumbado encima de mi espalda medio sollozando, con un diente medio roto y un enorme bulto rojo encima del ojo derecho.

Gabi emitía una especie de gemido y risa cuando oímos un enorme derrape detrás de nosotros. Gabi y yo giramos la cabeza y vimos cómo Koke se iba desplazando hacia la derecha de la carretera para evitar chocar contra nosotros. Apenas dio tiempo a reaccionar cuando vimos cómo el monopatín de Koke, como si no pudiera soportar la tensión, se partió justo al salirse de la carretera y empezar a caer en la zanja. De repente, Koke salió volando por encima de los restos de su monopatín, como si éstos le hubieran empujado como un muelle, y fue a caer justo encima de las plantas que había en la zanja. Apenas pudimos ver la caída al suelo, pero pintaba muy mal. Koke estaba con el cuerpo mirando hacia el cielo, su cuello intentaba girarse para localizar el suelo y sus brazos estaban estirados hacia abajo como para evitar la caída.

Gabi y yo estábamos intentando recolocarnos, éste se quitó de encima y mientras se echaba las manos a la cara salió corriendo hacia la zanja donde había caído Koke. Yo intenté desenrollar el cordón de la sudadera del monopatín mientras que Agus venía a ayudarme y Mac iba corriendo a ver a Koke. Cuando Agus se me acercó me dijo:

—¿Estás bien? ¿Eh?

Yo le dije:

—Duele un poco, pero no te preocupes, vamos a ver a Koke, que se ha pegado una buena.

Terminé de quitar el cordón y me acerqué caminando, medio cojeando, a la zanja. Gabi, Agus y Mac estaban buscando donde había caído nuestro amigo cuando, de repente, Koke, medio a rastras sobre su monopatín roto, salió de entre unas zarzas intentando rodar sobre la arena para incorporarse al asfalto.

Tenía el cuerpo lleno de plantas que se le habían quedado enredadas en la ropa y varios arañazos en la cara. Dijo con una voz dolorida pero con tono jocoso:

—Ahora voy de camuflaje y os voy a ganar.

Todos nosotros, con los ojos abiertos como platos, le miramos, y alucinando, nos acercamos a él. Koke era el menor de todos y aun así apenas lloraba cuando se golpeaba o se caía, y esta vez, después de ver el grandioso espectáculo de su «vuelo», apenas parecía que se hubiese hecho daño.

Entonces los demás llegamos como pudimos hasta donde estaba él, empezamos a reírnos y a hablar sobre lo que cada uno había visto sobre los demás, sobre los golpeas, las caídas, etcétera.

Por lo visto Koke apenas se había hecho daño porque al salir volando había caído sobre un mullido arbusto. Lo peor, según él, fueron las zarzas que tuvo que cruzar para salir de ahí.

Gabi no había podido frenar al encontrarse conmigo de repente, se echó las manos delante de la cara para cubrirse, parte del impacto lo absorbió con los brazos, que le golpearon fuertemente en la cara al chocar con mis pies, pero el golpe fue tan brutal que aún tuvo fuerza para subirlo a mis espaldas.

Agus y Mac nos dijeron que se pusieron a forcejear en mitad de la carrera hasta que a Mac se le enganchó la esfera de su reloj de muñeca en el bolsillo de Agus, y eso fue lo que provocó que se le cruzara el monopatín.

En cuanto a mí, todos pensaban que simplemente me había parado porque sí, porque me apetecía, parecían algo enfadados. Cuando les expliqué lo del cordón y les mostré mi herida en la mejilla todos se me quedaron mirando y empezaron a reír otra vez y a decir que vaya carrera.

Después de eso, todos volvimos a casa, magullados pero felices.

Koke y yo estuvimos riendo varios minutos con lágrimas en los ojos. Hasta que con un fuerte y sincero abrazo nos despedimos hasta otro día. Como buenos amigos, nos llamábamos de vez en cuando, nos veíamos y alguna vez quedábamos para comer. Pero recordar esos momentos era lo que más me divertía.

Según me iba acercando a la entrada de la casa podía escuchar a Dama ladrar y ladrar. Tenía un ladrido firme pero agudo, corto pero intenso, potente, disuasorio y eficaz. Su ladrido se convirtió en una especie de saludo sólo cuando me hubo reconocido, entonces se volvió algo más alocado, rápido y eufórico. A través del cristal que había al lado de la puerta podía ver cómo la perrita se iba agitando, cómo golpeaba el cristal con la pata para que le abriésemos, y cómo todo su cuerpo se arqueaba y rebotaba sobre sí misma, como una danza de bienvenida.

Saqué de mi bolsillo las llaves y las introduje en la cerradura, el repiqueteo de sus dientes en la cerradura era un sonido que me gustaba. Lo reconocía como la llegada al hogar, y cada uno de esos golpecitos contra el metal de la cerradura inauguraba un aluvión de sentimientos como de nostalgia, añoranza y felicidad. Era como recordar muchos de los momentos de mi vida, esa vida que me había construido día a día, como si en un momento todos los hitos importantes dijeran dentro de mi memoria: «Eeehhh, aquí estoy, que no se te olvide», y no se me olvidaba. Me gustaba recordar toda mi vida cuando pensaba en lo que soy ahora, para nunca perder la perspectiva.

Giré la llave y abrí la puerta.

Capítulo 8

Lo realmente importante

¿Conoces esa sensación de bienestar que te produce una calma innata e irreconocible, eso que sientes cuando terminas algo bien hecho? ¿O cuando después de un día muy agotador te desnudas y te tumbas encima de la cama? Ésa era la sensación que me abrazaba el corazón cuando llegaba a casa, mi verdadero hogar.

Cuando abrí la puerta sólo se podía oír a Dama ladrar y ladrar sin parar, tanto que llegaba a molestar. Sólo cuando te agachabas para acariciarla se retenía un poco, y su ladrido se transformaba en una especie de sollozo o gemido que me encantaba. Mi perrita era la alegría convertida en perro, la alegría de verme a mí o a cualquier miembro de mi familia.

Mientras me agachaba para acariciar la tripa a Dama empezaron a sonar los escalones de madera de la escalera. Una voz dulce como un abrazo me decía: «¡Hola, hijo!, qué sorpresa más grande». Mi madre se me acercó y me dio un par de besos mientras yo me erguía después de acariciar a Dama. La besé en la mejilla a la vez que la saludaba. Me preguntó si quería tomar algo y mientras lo hacía pude oír a mi padre bajando las escaleras. En ese momento me resultó gracioso pensar en la diferencia que había entre el crujir de los escalones al bajar mi madre y al hacerlo mi padre. Los pasos de mi madre sonaban alegres y saltarines mientras que los de mi padre sonaban grandes, fuertes y pesados. Mi padre se me echó encima y me dijo:

—¿Cómo está mi chaval?

Mientras nos abrazábamos le dije:

—Tu chaval está muy contento. ¿Y vosotros? —Esperé un instante y pude ver cómo asentía con la cabeza, a continuación pregunté—: ¿Dónde está Emi? Quiero contaros algo.

Mis padres me dijeron que Emi estaba arriba, en su habitación, así que fui subiendo los escalones de casa para saludarle. Según subía los recuerdos se avivaban, los sentimientos resucitaban, en parte gracias a la cantidad de fotografías que había enmarcadas en la pared. A mi madre le encantaban las fotos y ahora entiendo el porqué.

Cuando era niño, muy niño, no quería hacerme fotos, yo quería jugar, sólo jugar. Las fotos me aburrían y me ponían nervioso. Según fui creciendo me fueron gustando más, las veía y me reía de las típicas caras que pones cuando eres niño. Ya había empezado a verlas como parte de mis recuerdos. Pero ahora cada vez que veo las fotografías me alegro tanto de poder apreciarlas con calma. Tiene que ser muy triste no poder disponer de tus recuerdos en imágenes para poder revivirlos cuando quieras. Siempre que pienso en eso, no sé por qué, acabo pensando en la pobre gente que pierde su hogar por un incendio o una inundación y pierde todas sus fotografías. Años y años de recuerdos guardados desaparecen. Recuerdos de la vida, de la familia, de personas, de todo. Es curioso pensar que la foto es únicamente un trozo de papel que apenas tiene valor, el valor lo tiene la imagen, el recuerdo. No tiene ni por qué ser algo bonito, pero esa imagen es la que hace que una puerta en tu memoria se abra y que por ella, como si fuese una presa de agua, brotasen todos los recuerdos de ese día, de ese momento, de esa persona. Ése es el valor interior que tiene cada fotografía.

Cada escalón me acercaba a ver más y más fotos, mi familia, viajes por parques naturales, el zoo, un viaje al extranjero, un campeonato de fútbol e incluso recuerdos tan antiguos que ni siquiera parece que fuesen míos. Me detenía a ver cada una, era como revivirlo.

Justo cuando estaba terminando de subir la hilera de escalones vi a mi hermano abrir la puerta de su habitación, que estaba justo enfrente de la última hilera de escaleras. Había un despacho según subías a la derecha, la habitación de mi hermano estaba justo enfrente de las escaleras, y a la izquierda, una pequeña biblioteca con doble altura que quedaba completamente diáfana. Saludé a mi hermano con un fuerte abrazo, él me correspondió con otro.

Nos separamos el uno del otro un poco y me dijo:

—¿Qué tal, hermano? ¿Has pasado a saludar o te quedas un rato y charlamos?

Lo medité un rato y le contesté:

—Me quedaré un rato, pero no sé cuánto tiempo. ¿A ti qué tal te va?

Según bajábamos las escaleras nos fuimos poniendo al día con algunas preguntas y respuestas.

Entre mi hermano y yo siempre hubo una relación muy buena, desde pequeños aprendimos a jugar juntos, a compartir juguetes y demás. Claro está que cada uno tenía sus grupos de amigos, pero cuando eres un niño, ya sea en casa nada más levantarte o después de comer, siempre quieres a alguien con quien jugar. Ése era mi hermano, siempre estaba ahí, y no sólo de pequeño. También de mayor, y no sólo para jugar, sino también para hablar, y no sólo para reír, sino también para llorar, y no sólo para decirme qué bien juego al fútbol, sino también para decirme en qué mejorar. Varias veces había pensado que Emi, a pesar de ser el menor de los dos, parecía el más adulto, el más responsable, más pronunciadamente a partir de los diecisiete años hasta la actualidad.

Pero con él también tenía mis peleas y disputas, peleas a empujones y golpes de pequeño, discusiones serias cuando nos fuimos haciendo más adultos. Pero gracias a Dios siempre hacíamos las paces. Siempre me había gustado su forma de ser, era una persona muy honesta, muy honrada, sabía todos mis secretos, yo creo que sabía los suyos y sabía que siempre podría confiar en él. Sólo esperaba que él supiese que podía confiar siempre en mí.

Cuando llegamos al salón, donde estaban mis padres esperando, pregunté si habían hablado con Mabel y me contestaron que hoy saldría tarde de trabajar. Asentí lentamente con la cabeza mientras intentaba pensar cuándo le podría decir a mi hermana la buena noticia acerca de la reunión de hoy. Supongo que la llamaría más tarde.

El salón de mi casa no era una habitación que utilizásemos muy a menudo, pero siempre que queríamos hablar de algún tema familiar, como el anuncio de la boda de Mabel con Marcus, o el embarazo de Mabel, o cuando Emi acabó la carrera, nos reuníamos allí. Mis padres se sentaron juntos en un acogedor sofá color verdoso, mientras que Emi iba tomando sitio en una butaca grande y muy cómoda que quedaba enfrente de la puerta de la entrada. De pie enfrente de ellos les comenté el éxito de la reunión de hoy. Todos sabían por qué le daba tanta importancia a esa reunión, la expansión de mi negocio siempre había sido un buen motivo para estas celebraciones, y mi familia lo sabía. Cada vez que cerraba un trato importante se lo comentaba, pero esta vez quería hacer algo más. Ellos estaban ahí desde el comienzo de todo. Al comentarles el éxito de la reunión todos se alegraron muchísimo, mi padre me felicitó con un fuerte abrazo, mi madre me dio un beso muy fuerte en la mejilla, y mi hermano, bueno, mi hermano me miró a los ojos y me dijo: «Nadie se te puede resistir, ¿eh?». Sinceramente, esperaba algo más por parte de mi hermano, parecía más una reprimenda que palabras de ánimo, pero bueno, no me molestó en absoluto.

Mi madre me preguntó si me quedaría a cenar esa noche, la verdad no lo tenía pensado hasta que me lo preguntó Emi unos minutos antes y de hecho todavía no lo tenía claro. Pero como todos sabréis, hay una mirada que sólo tiene la madre de cada uno, y es la mirada más dulce y con más cariño que nadie en el mundo puede hacerte, y como no podía ser de otra manera, cuando mi madre me miraba así yo no me podía negar. La miré y le dije que me encantaría quedarme a cenar, en ese mismo momento pensé en que tenía que llamar a Laura para decirle que no me esperase.

Mi madre estaba a punto de levantarse cuando de repente Dama empezó a ladrar mucho. Ladridos muy fuertes, al comienzo parecían ladridos para alejar a alguien, por lo que me levanté del sofá y me fui acercando a la puerta. Según lo hacía el ladrido se fue convirtiendo, al igual que pasó con mi llegada, en una especie de celebración entre ladridos y gemidos suaves, cortos y alegres. Cuando me acerqué a la puerta pude ver a Mabel asomarse al pequeño ventanal que había a la derecha de la puerta. Mi hermana me sonrió enseguida, como si hiciese años que no me viese, y me saludó eufóricamente. En realidad sólo hacía un par de semanas que no nos veíamos, pero mi hermana siempre mostraba mucha alegría cuando estaba con nosotros, su familia.

Mabel era la mayor de los tres y siempre nos había cuidado ejerciendo realmente bien su papel de hermana mayor, pero también al ser mayor ejercía otro tipo de poder. Habitualmente, cuando éramos pequeños y ella era más grande que yo, siempre se salía con la suya. La ventaja de estar en este mundo desde unos años antes que yo hacía que fuese muy difícil que no se saliese con la suya.

A pesar de todo, era una gran hermana, siempre que necesitábamos hablar de algo estaba ahí, y también, algo que valoraba mucho en ella, era que si necesitaba hablar no tenía dudas o problemas en acudir a contártelos y pedir consejo. De pequeños siempre nos defendía, y cuando jugábamos los tres en la calle con todos nuestros amigos estábamos más seguros, ya que ella nos protegía siempre.

Como era lógico, cuando vi su coche aparcado enfrente de casa me alegré. Sonreí a Mabel a través de la ventana y abrí la puerta un poco cuando, de repente, ésta se abrió de golpe porque Dama metió el hocico y empujó con el cuerpo para terminar de abrirla. Dama siempre se alegraba muchísimo más al ver a Mabel que al vernos a cualquiera de nosotros, excepto a mi padre. Ella fue quien pidió y pidió a mis padres tener un perro, y después de varios años pidiéndolo, mis padres se lo compraron.

Siempre se encargaba de la perrita cuando ésta era más pequeña, pero al final se fue de casa y mi padre, que siempre se había mostrado menos receptivo a la hora de tener un perro, fue quien se encargó, en mayor medida, de cuidarla. También se encargaba de jugar con ella, más a menudo de lo que nos decía. Varias veces le había visto en el jardín con ella mientras se pensaba que nadie le veía. Los demás jugábamos con Dama y siempre habíamos cuidado mucho de ella, pero yo ahora no vivía ahí. Mi hermano y mi madre sacaban a Dama alguna que otra vez, pero no con la misma frecuencia ni duración con la que lo hacía mi padre

Cuando Mabel hubo dejado de acariciar a Dama, que aún seguía tumbada en el suelo panza arriba y dando pequeños ladridos, me miró, y con unos ojos alegres y despiertos me dijo:

—¡No sabía que estabas aquí! ¡Qué alegría!

A lo que yo contesté:

—Me apetecía venir a saludaros. Yo tampoco sabía que vendrías, me habían dicho que saldrías tarde de trabajar.

Muy alegre, como siempre, me respondió:

—Al final he podido salir un poco antes, y como me pilla de camino me he pasado a saludar a los papás y a Emi.

Me abrazó y me dio un beso muy fuerte en la mejilla, y a la vez que nos íbamos dirigiendo al salón vio a mis padres y a Emi sentados. Me preguntó:

—¿Va todo bien? ¿Ha pasado algo?

Mi madre dijo:

—Va todo muy bien, hija. ¿Tú qué tal en el trabajo? ¿Qué tal está Marcus? ¿Y los niños?

Después de varios minutos poniéndonos al día con Mabel le contamos lo de mi reunión. Ella también se alegró mucho, y orgullosa, me dio otro beso muy grande y fuerte.

Cuando terminé de contar el éxito de la reunión por segunda vez Emi se me acercó y me dijo que si podíamos hablar un rato. Mi respuesta fue inmediata —«Por supuesto»—, y mientras subíamos los escalones intentaba averiguar qué le pasaba. Antes de entrar en su habitación llamé a Laura y le dije que llegaría después de cenar, que estábamos todos y que hacía mucho tiempo que no nos juntábamos, así que cenaría con ellos. Ella, sin ningún problema, me dijo que muy bien y que tuviese cuidado con la moto cuando volviese a casa. También me dijo que se prepararía algo para cenar y se pondría a ver una película, que la llamase cuando saliese hacia nuestra casa. Le dije que la quería mucho, ella me correspondió con un «Yo también a ti», y con un beso por teléfono nos despedimos…

A continuación entré en la habitación de mi hermano. Tenía colgados en las paredes unos *posters* muy llamativos y decorativos de coches, de motos, de fútbol americano. Era un cuarto muy bonito, algo juvenil para la edad que tenía, pero eso era normal, Emi siempre había sido una persona muy jovial, divertida y de aspecto más joven que la gente de su edad. Por eso fue por lo que me llamó la atención la seria mirada con la que me había pedido hablar en su habitación, algo le pasaba. Normalmente, cuando me decía que subiésemos a su cuarto, era para jugar a la consola, pero esta vez quería contarme algo serio, parecía muy preocupado, y su personalidad alegre y jovial se había tornado en preocupada e inquieta.

Tomamos asiento y me empezó a comentar su situación, cómo se sentía, qué quería hacer, cómo se encontraba y cómo le iba todo con su novia. Según hablaba se podían oír el agobio y el ahogo de sus palabras pidiendo socorro, no estaba muy claro el porqué, pero cada palabra suya dolía, dolía oír a mi hermano pequeño sufrir, cada palabra suya iba imprimiendo una nota más de agonía, igual que cuando se oyen las teclas de un piano, más agudas hacia la derecha, más graves hacia la izquierda.

Mi hermano empezó con un tono lo más sereno posible. Lo que contaba no eran cosas realmente espantosas por sí mismas, por sí mismas no, pero eran demasiadas para que las soportara una sola persona. Era como cuando el mago empieza a sacar pañuelos de colores de su bolsillo. Cuando todo está dentro del bolsillo, o de la manga, apenas se nota, pero empieza a salir un color, azul, luego verde, luego amarillo, luego marrón, luego blanco, luego rojo, luego morado, luego rosa, luego ocre, luego verde oscuro, luego azul claro, luego negro, y cuando miras al mago apenas tiene sitio donde colocar todos los colores entre sus manos.

Dentro de la cabeza de mi hermano todo estaba en su sitio, en un equilibrio inestable. Era como si la balanza que nos mantiene en equilibrio entre lo que nos pasa y lo que no queremos contar se empezase a desbordar y a hinchar, y la balanza al final cediese. Al ir contándome una a una las cosas que le carcomían por dentro, como si del mago se tratase, empezó a desmoronarse todo en su cabeza. Yo sabía que era bueno que lo contase, pero ver a mi hermano llorar era algo que me podía, me hacía polvo. Mi hermano, la mejor persona que conocía, la más buena, una de las personas que más quiero en el mundo. No podía verle sufrir ni un instante.

Mientras brotaban las lágrimas de sus llorosos ojos me levanté y le abracé fuertemente, mientras él, intentando pronunciar palabras, balbuceaba que no sabía qué hacer. Sus gemidos de dolor se entremezclaban con palabras sueltas. Le abracé más fuerte y sólo se podía oír el restallido de su respiración agitada contra mi pecho. Mi hermano, que siempre se había mostrado alegre, siempre contento, ahora estaba pasándolo mal.

Las cosas que me contaba siempre quedarán entre él y yo, pero estoy seguro de que cada una de las personas que lee esto ha pasado por algo, no igual, pero sí parecido en lo que todo, absolutamente todo, duele. Todo lo que piensas en ese momento hace que un torbellino de sentimientos se adueñe de ti, como si eso que te doliese tomase el control, y la agonía y el pánico de no saber qué hacer ganasen esta batalla. Luego te podrás recuperar, te podrás reír, podrás pasarlo bien, pero ese mal rato en el que el pánico se apoderó de ti habrá ganado esa mano. Todos tenemos ese momento alguna o varias veces en la vida. Unos prefieren no contar nunca nada, otros prefieren contarlo todo, otros son más moderados y cuentan lo que más les afecta, pero todos, antes o después, alguna vez pasan por algo así.

Todo eso es doloroso, por dentro, en tu mente, te machaca, te debilita, pero es algo que te sirve para aprender, eso te permite conocerte, te permite hablarte. Recuerda siempre todas esas cosas, en los momentos buenos y en los malos, porque esa reacción es sólo tuya y formará parte de ti siempre.

Hasta ese punto había llegado mi hermano, y creedme cuando os digo que mi mente se habría quebrado mucho antes. Hace tiempo pasé por algo así, parecido pero no igual, y pensaba que había aguantado mucho, para mí lo era, pero al ver a mi hermano así comprendí que muchos silencios te pueden romper. Hasta ese punto había soportado él todo. Un mundo cayendo sin orden alguno. Entonces agarré a Emi de los hombros, le miré a los ojos y le intenté tranquilizar con la mirada mientras mis lágrimas empezaban a caer deslizándose por la superficie de mi cara. Nos miramos fijamente y le susurré algo, algo que siempre quedará sólo entre nosotros.

Unos segundos más tarde me miró con más calma, mientras levantaba lenta y levemente la mirada, tímido, susurraba: «Gracias». Yo no quería oír eso, parecía que me debiera algo por ello, y yo lo que quería era que mi hermano estuviera perfecto, yo sólo quiero que él esté bien, siempre.

Pasaron unos momentos hasta que mi hermano recobró ese aspecto tan alegre que le caracteriza. Estuvimos hablando de coches, de motos, y finalmente nos pusimos a jugar unas carreras en la videoconsola. Eso nos hizo olvidar todo lo que había pasado y nos centramos sólo en pasarlo bien jugando. Cuando jugábamos nos reíamos como cuando éramos pequeños.

De repente, la voz de nuestro padre nos llamó para cenar, pausamos la consola y bajamos rápidamente. Cuando terminamos de bajar las escaleras fue muy agradable ver a mi madre preparando la cena, a mi padre cortando el pan, a Dama tumbada cerca de él y a Mabel hablando con mi padre de cosas de trabajo mientras Emi se acercaba y buscaba algo para comer dentro de la nevera. Yo, viendo esto desde la entrada de la cocina, recordé todas las veces que nosotros cinco, seis con Dama, habíamos vivido este momento. Me sentí muy afortunado y agradecido con el mundo por haberme dado todo esto. Emi asomó la cabeza por la puerta de la nevera y me dijo:

—¿Quieres algo de beber o para picotear?

Le contesté:

—Pásame un refresco. —Y le guiñé un ojo.

Mientras nos íbamos sentando a la mesa y mi madre traía la comida, mi padre terminó de preparar un par de cosas más y nos sentamos todos. Como siempre, algo se nos olvidó y Emi se levantó y lo trajo.

Excepto en contadas ocasiones, era difícil que coincidiésemos sólo nosotros cinco, como cuando éramos niños. Normalmente venía Mabel con su familia, Emi con su novia o yo con Laura. Así que era muy agradable estar cenando y recordando cosillas de nuestra infancia y demás anécdotas. Mis padres siempre contaban momentos divertidos de cuando éramos pequeños y jugábamos con ellos, o de cuando salíamos a pasear, o de un montón de cosas divertidas que hacíamos los cinco. Personalmente pienso que eso es lo que crea el vínculo familiar, no es sólo dormir todos bajo el mismo techo o hablar un rato al día. Es todo, es quererse, es sentirlos parte de ti, es la vida.

Mi madre preparó una cena estupenda, tortilla de patata, en un par de platos había rico jamón y algo de queso, un poco para untar y otro para partir en porciones. Me encantaba esta comida y me encantaba la compañía. Éstos son los momentos que merece la pena vivir. Mientras terminábamos de cenar fuimos concretando dónde nos gustaría ir a comer todos juntos para celebrar el éxito de la reunión. Por supuesto, yo les invitaría a todos a lo que quisieran.

Cuando terminamos estuvimos hablando un rato, Mabel nos contaba qué tal se portaban los pequeñajos mientras mi madre y mi padre le preguntaban más y más cosas acerca de ellos. Sinceramente, en muchos años no me había sentido tan tranquilo como me sentía ahí sentado, con mi familia, disfrutando de la cena, de la compañía, sintiendo el cariño.

Pasaron los minutos volando, hablábamos de amigos, de comidas, de cenas, etcétera. Recordábamos viejas historias, preguntábamos, respondíamos, y todo en la más absoluta confianza, sin escondernos nada, sin avergonzarnos de nada.

Mabel fue la primera en marcharse a su casa, sus obligaciones como madre la esperaban. Marcus se encargaba muy bien de todo, no me malinterpretéis, pero Mabel sentía la obligación de abrazar a sus hijos antes de acostarse, leerles algo e incluso quedarse dormida un rato con ambos antes de que acabase el día.

Mi padre, como siempre, salió a despedir a Mabel al coche mientras mi madre, Emi y yo terminábamos de recoger la mesa. Dama esperaba impaciente en la entrada de casa hasta que mi padre entrase otra vez. Mientras recogíamos, Emi y yo nos pusimos a charlar de coches, una de nuestras pasiones, él me preguntaba si tenía pensado hacer alguna nueva adquisición. Lo decía siempre como riéndose, para chinchar, pero no con mala intención, sino con la intención de jugar. Estuvimos hablando varios minutos de coches mientras terminábamos de recoger todo hasta que recordamos que habíamos dejado encendida la consola. Preguntamos a nuestra madre si necesitaba alguna ayuda más y subimos las escaleras corriendo.

Jugamos durante unos treinta o cuarenta minutos más, ya se iba haciendo tarde. No tan tarde como para pensar que ya era hora de acostarse, pero sí tan tarde como para pensar que si querías sentarte diez minutos con tu novia a ver la tele antes de irte a la cama deberías salir en breves momentos. Puse a Emi sobre aviso diciéndole que sería la última partida, que yo me tenía que marchar a casa. Con un tono socarrón me dijo: «Te rindes, ¿verdad?». Siempre me picaba con esos comentarios, pero ahora me hacían gracia. La última carrera fue divertidísima.

Salimos últimos en la parrilla de salida, y después de realizar varios adelantamientos a los demás jugadores de la IA (Inteligencia Artificial) del juego, quedamos Emi y yo solos para disputarnos la victoria. Yo iba en cabeza mientras que Emi se iba acercando en cada curva. De repente, en una de esas curvas me adelantó por dentro con su negro coche. La verdad, me sorprendió esa maniobra. Pero lo más interesante fue cuando en una de las curvas siguientes, mientras Emi iba en cabeza y sólo a una vuelta de acabar, me dijo: «¡Menuda pasada te acabo de hacer, hermano!». Yo reí enérgicamente, intentando esforzarme por adelantarle y ponerme en cabeza de nuevo. Entonces, en una de las curvas, Emi quiso apurar tanto que se golpeó con el muro, eso hizo que yo pegase un volantazo para esquivarle y me empotré de frente con el muro. Emi empezó a dar marcha atrás para intentar recolocarse, y un par de segundos más tarde yo hice lo mismo. De repente, una sacudida enorme mandó el coche de Emi por los aires. El coche que iba en tercer puesto no había podido esquivar a Emi y lo había lanzado volando. Entonces, justo cuando yo estaba a punto de colocar mi coche para seguir la carrera, el tercer coche, el que había golpeado a Emi, apareció entre una humareda y me golpeó en un lateral haciendo que otra vez tuviese que maniobrar para encauzar la carrera. Como un rayo, pasó de largo otro coche, debía de ser el cuarto jugador. Emi y yo nos miramos con ojos críticos y serios e intentamos ir a por él. Emi iba segundo y yo, tercero. Quedaban sólo unas cuatro o cinco curvas más, Emi consiguió adelantarle por dentro, yo me quedé rezagado unos metros detrás del otro coche. Entonces, en una amplia curva y por fuera, adelanté al otro coche, y Emi y yo quedamos de nuevo dispuestos a jugarnos el primer puesto.

Quedarían dos curvas cuando miré a mi hermano de reojo, le vi muy concentrado y sonriente. Sabía que si le adelantaba le daría mucha rabia, pues no le gustaba perder a nada. Así que las dos curvas que quedaron las hice a todo gas a su lado pero sin adelantarle, achuchándole un poco para ver si cometía un error y se salía y no era yo quien le adelantase. Entonces, mientras pasaban los metros, mientras mi hermano se mordía los labios de los nervios, de repente la carrera se acabó. Emi ganó y me dijo: «¡Qué carrerón! ¡Ha sido la leche, tío!», y empezó a reírse. Luego hablamos de los lances de carrera, los choques, etcétera.

Salimos del cuarto de Emi riendo y comentando a voces las partidas que habíamos jugado. Mis padres, que veían la televisión en la habitación contigua, nos miraron y nos preguntaron si lo habíamos pasado bien. Nos sentamos con ellos unos minutos a hablar, primero de aquellas partidas y después de otras cosas que nada tenían que ver con ellas: que si nos podíamos hacer algún viaje, que si la casa de Mabel estaba un poco lejos, que si el trabajo de Emi era aburrido y demás.

Emi empezó a hablar y comentaba un poco lo que me había dicho minutos antes de cenar, pero con un tono mucho más sosegado y tranquilo. El trabajo no le gustaba, quería hacer más cosas, quería investigar, quería viajar más, etcétera. Mis padres y yo escuchábamos todo sin interrumpir hasta que yo, sin apenas darme cuenta, le dije:

—Emi, que el que sea tu hermano no influya en tu respuesta, pero ¿quizás te gustaría trabajar con nosotros? La verdad, nunca había pensado en ello, pero te considero muy capaz, y al haber estudiado otra ingeniería tienes una base más que suficiente para poder hacerlo.

En lo primero que pensé fue que no se lo tomase mal, como si fuese a pensar que yo sería el único que le diera ese tipo de trabajo por ser su hermano. Pero la verdad es que Emi siempre me había parecido una persona muy inteligente y lista. Me miró con gesto extraño, pero familiar, no sabía qué decirme. Él sabía exactamente a qué me dedicaba y lo que hacíamos. Al ver que tardaba unos segundos en responder, y con mis padres en silencio para observar el transcurso del diálogo, decidí volver a intervenir:

—Si quieres no me contestes ahora, piénsalo…, pero te propongo esto: ¿por qué no vienes un día a mis oficinas conmigo? Trae tu *curriculum* y te explico un poco todo lo que hay, cómo se hace, etcétera. ¿Te parece?

En ese momento, y sin dudas algunas, Emi dijo que sí, parecía que esta idea menos intrusiva le gustaba más y le intimidaba menos. Mis padres respiraron aliviados y Emi sonrió levemente. Mi hermano era joven pero tenía mucho talento, aprendía rápido y la verdad es que me sorprendía mucho su forma de ser a la hora de trabajar, se volvía más serio, maduro y responsable. Con esto no digo que fuese inmaduro o irresponsable, sino que se incrementaban esas cualidades de forma positiva cuando hablaba de trabajo o de cosas que sabía que eran serias.

Tampoco había consultado esto con Zack porque sabía que se llevaba estupendamente con mi hermano y hacía tiempo sí que le oí hacer algún comentario acerca de por qué no le decíamos a Emi de trabajar con nosotros. Yo por esa época estaba ensimismado intentando que el negocio que creaba no se me viniese encima, y supongo que cuando ya nos estabilizamos simplemente se me pasó proponérselo. Con la situación actual de la empresa era más sencillo todo.

Mientras mis padres hablaban con Emi yo fui un momento a su habitación y llamé a Zack por teléfono. La conversación fue bastante corta, simplemente le dije que quería llevar a Emi un día a las oficinas para que tantease el terreno, ver si le gustaba y ver qué podría hacer. Zack enseguida dijo que perfecto. Emi siempre había sido una persona que él quería en el equipo. Le dije que muy bien y que lo hablaríamos más despacio mañana en la oficina. Le recordé lo de la cena para el próximo día con Sara y con Laura, y él me dijo que OK.

Volví al salón con mis padres y Emi, y le comenté que me tenía que marchar ya porque se me hacía un poco tarde. Para no tener que volver a llamar por teléfono le dije a mi madre que llamase a mi casa y le dijese a Laura que salía para allá con la moto. Les di un beso a mis padres y mi hermano y yo bajamos las escaleras. Mi madre se quedó en el salón buscando el teléfono para llamar a Laura mientras los demás me acompañaban a la moto. Cuando bajé Dama estaba esperándome moviéndose de un lado a otro, nerviosa, como si quisiera salir. Con cada paso que daba para coger la cazadora, o el caso de la moto, o las llaves Dama se ponía delante, se tiraba panza arriba y me miraba como diciéndome: «No te vayas, quédate aquí y acaríciame». Mi padre y Emi la miraban y decían: «Pero bueno, Dama, ¿todavía estás despierta?, que tienes que irte a dormir», estaban sorprendidos de que tuviese ganas de levantarse cuando normalmente a estas horas no había quien la moviera de su cama, según decía mi padre. Yo mientras me fui poniendo la cazadora y abrigándome bien, cogí las llaves y salimos al garaje los tres. Dama se quedó mirando por el hueco de la puerta cómo hablábamos y nos despedíamos.

Me iba abrochando la cazadora y les recordé lo de la comida del próximo fin de semana para que no se les olvidase venir a ninguno. Me dijeron que no se les olvidaría, acto seguido mi padre me dio un fuerte beso y me dijo que tuviese cuidado, Emi me miró de arriba abajo, me dijo que le encantaba la moto y que a ver si volvía pronto a estar un rato más con ellos. Le dije que por supuesto, mi hermano me abrazó y me dijo otra vez al oído: «Gracias», yo le acaricié levemente la cabeza de forma familiar.

Mientras me ponía el caso veía la cara de mi hermano, como si le encantase lo que veía, la moto, a su hermano mayor con su cazadora. Me puse los guantes, metí la llave en el contacto y arranqué. Un sonoro estruendo, grave y profundo recorrió todo el garaje y parte de la calle. Emi me miró más fijamente y me sonrió de forma descarada como diciéndome: «Cómo mola la moto», mis ojos le sonrieron. Mi padre me miraba y me hacía gestos para que pudiese maniobrar bien para sacarla del garaje. El tiempo que dedicaba a hacer maniobras con la moto era perfecto para que el motor entrase en calor. Emi me acompañaba caminando al lado, se acercó al casco y dijo:

«Ten cuidado. Llama cuando llegues a casa». Yo levanté el pulgar de la mano derecha a modo de aprobación mientras que con la mano izquierda apretaba la maneta del embrague para que la moto no saliese disparada, ya que tenía metida la primera marcha.

Enfilé la salida a la calle, miré hacia atrás para ver a mi padre y a mi hermano decirme adiós. Dama miraba tras el cristal de la puerta, y al final, con un sentimiento entre morriña y nostalgia, salí con la moto. Mientras giraba la cabeza hacia la carretera pasé la mirada por la casa y vi a mi madre por una de las ventanas de las plantas de arriba haciendo aspavientos para que la viese, levanté el brazo cuando la vi y pude ver cómo me sonreía. Entonces yo también sonreí libremente bajo el casco.

Me dirigía a casa tranquilamente con mi moto para estar con mi novia un rato antes de irme a dormir.

Todo era perfecto.

Capítulo 9

Todo era perfecto

Saliendo de la urbanización de mi infancia, donde vivían mis padres, todo era familiar. Cada metro del recorrido en la moto lo tenía bien grabado en mi subconsciente. Había jugado mucho por esas calles cuando era pequeño.

Iba dejando todo atrás mientras las pistonadas del motor marcaban el paso. Me alejaba con calma, concentrándome en la conducción, metro a metro, curva a curva. Cogí la autopista para dirigirme a casa y fui acelerando para incorporarme a una velocidad normal y legal, apenas había tráfico. Cuando estaba en la carretera sabía que no podía despistarme pensando en otra cosa que no fuese la conducción. Tuve un par de momentos en los que, mientras el asfalto transcurría por debajo, pensaba en las ganas que tenía de llevar a mi familia a comer, en salir a cenar con Zack, Sara y Laura, en llevar a mi hermano a mi empresa. Todo eso fluía de manera inconsciente, como una tela de araña que no ves pero sientes en la cara, esos pensamientos me alegraban y me causaban felicidad. Después de tanto tiempo todo era perfecto. Echando la vista atrás todavía tenía momentos en los que podía recordar la desesperación, la angustia, la vida que me hizo como soy ahora, y ahora no podía dejar de agradecer todo lo que me pasaba.

Conducía tranquilamente sin sobrepasar los límites legales, y hacía esfuerzos para que esos pensamientos tan positivos no me hiciesen acelerar por la euforia. Empecé a disfrutar de una conducción tranquila, de paseo, iba por la autopista, las luces de la carretera y de la ciudad hacían que pareciese un río de luz brotando con brillantes colores azulados. Iba fijándome en el asfalto, en las curvas de la carretera, en los demás vehículos. Con mucha precaución. No sé en qué momento empecé a pensar en lo que iba a pensar, pero de repente, como una brizna de hierba sobrevolando mi cabeza, me llegó la idea de tener un detallito preparado para Laura. Me centré de nuevo en la conducción mientras me anotaba mentalmente eso y pensaba lugares y regalos que le pudieran gustar. Recuerdo la autopista sin tráfico, las luces iluminando y algunas curvas amplias. Hice un esfuerzo para pensar un regalo para el día siguiente y cuando estaba pensando en rosas... de repente, nada.

El tiempo se paraliza, se congela prácticamente, avanzando tan lenta y contundentemente que el miedo y el pavor se adueñan de todo. La falta de control, la caída sin motivo aparente, totalmente sorprendente, todo eso a la vez que circulaba en lo que viene a ser el vértice de una curva de izquierdas tan amplia que alguno ni siquiera calificaría de curva, ahí fue donde empezó todo otra vez.

En ese instante se deja de sentir el agarre del neumático muy poco a poco, primero sientes la «goma», la fuerza del motor transmitiéndose al suelo, lo notas, sabes que si actúas sobre el freno ésta frenará, si actúas sobre el acelerador, acelerará, pero justo cuando resbalas todo es tan rápido que no da tiempo a reaccionar, y a partir de ahí todo ocurre muy lento y tú no puedes reaccionar más rápido de lo que la lentitud que percibes te permite. Primero la rueda delantera deslizándose por el asfalto como si fuese agua o nieve, cada centímetro que avanzaba en línea recta se inclinaba varios de costado, haciéndome percibir la sensación de caída mientras la rueda trasera permanecía en la vertical. En el momento posterior al de la pérdida de agarre de la rueda delantera es la trasera la que empieza a deslizarse lateralmente, perdiendo gradualmente ese *feeling* con la moto. Ésta ya estaba incontrolable, ingobernable, realmente todo pasaba a una velocidad pasmosa, pero internamente, en mi mundo, sentí que mientras caía todo ocurría como el acto de teatro más lento del mundo.

Me estaba cayendo de la moto, lo único que viaja en ese momento más rápido que mi moto eran mis pensamientos. Mientras caía sí que podía generar miles de pensamientos razonables, reales, en los que estaban mi familia, Laura, Dama,

Zack, mis negocios, Rotom, Koke, Gabi, amigos. Todos pasaban más rápido por dentro de mi cabeza de lo que se movía la moto. Todo cayendo, todo inevitablemente, todo hacia abajo. Como si estuviese desnudo, mi cuerpo caía centímetro a centímetro, pero yo lo sentía como una caída gigante por el aletargado paso de los instantes. Instantes que no se podrían calificar ni de segundos, todo era demasiado rápido para medirlo en segundos. Intentaba moverme para corregir mi postura o recolocar la moto, pero como he dicho, mis pensamientos eran lo único que se movía tan rápido. Mis músculos empezaban a reaccionar demasiado tarde con respecto a la velocidad de mis pensamientos. Cuando intenté alcanzar el manillar y recolocar mi trasero en el asiento el suelo estaba demasiado cerca como para saber que puedes evitar la caída, y entonces empecé a intentar poner el brazo izquierdo, que era el que primero iba a tocar suelo, para amortiguar mi caída.

El primer impacto contra el suelo fue doloroso, mucho, pero no fue el peor. La rabia y el miedo me inundaban. Rabia pensando en que esto iba a preocupar a mi familia y a mis seres queridos, miedo por la incertidumbre de no saber que va a pasar en el próximo instante a ese pensamiento. Cuando golpeé el suelo pude notar en todos y cada uno de los huesos de mi pierna izquierda el aplastamiento y el crujir de los más de ciento setenta kilogramos de mi montura y de los tantos kilogramos de más recibidos por la fuerza de la caída. Os aseguro que esto que se escribe tan rápido no resulta nada rápido cuando estás encerrado en un universo en el que cada segundo son cientos y en el que una caída en la que sientes que se te rompe la pierna por varias partes se convierte en una tortura inacabable. Primero sentí el calor del asfalto rozando con mi tobillo, llevándose cada parte de tela del pantalón y del zapato, quemándose, abrasándose por la fricción, convirtiéndose en pequeñas pelotitas que por el calor desprendido se iban pegando en la herida que nacía del roce de mi tobillo a una velocidad de decenas de kilómetros por hora con el asfalto.

La pierna estaba atrapada entre la moto y el asfalto y no parecía que fuese a poder salir de ahí, ese asfalto que puede parecer frío cuando lo tocas por la noche os puedo asegurar que es más caliente que el infierno cuando sientes cómo cada pedazo de tu piel lo besa y cómo tu propio hueso se mella y se deforma por el calor, el peso, la fuerza, la contundencia. Según pasaba el tiempo, el tobillo que ya tenía prácticamente todos los nervios destrozados y quemados, y que seguramente provocaba que todo mi cuerpo entrase en colapso, fue dejando paso al dolor en el resto de la pierna, subiendo por la tibia y continuando por la rodilla. Yo, mientras, intentaba, desesperado, agarrar el asfalto como intentando frenar y quedarme ahí. La protección de la cazadora, los guantes y el casco evitó que la parte superior no sufriese quemaduras y pequeños golpes, pero sí golpes grandes y dolorosos e impactos fuertes. La moto iba lanzándome contra el suelo. La pierna hasta la rodilla estaba totalmente desnuda, en carne viva, tapada con pedazos de tela quemada, rota. No sé cuántos crujidos pude sentir, pero cada vez que la moto se inclinaba más y más para posarse sobresalía por encima de todo un estrepitoso y rápido «crac» que se movía por todo mi cuerpo mientras yo intentaba agarrarme adonde fuera para que todo esto terminase, gritaba desesperado.

Agonía, miedo, dolor, sobresalto, muchas sensaciones transmitían a mi cerebro sentimientos que provocaban un desquicio en mi cabeza.

Mi brazo y mi cuerpo se abalanzaron con fuerza sobre el asfalto, yo intentaba estirar el brazo izquierdo en ese momento, y cuando el codo golpeó el suelo con toda su violencia éste se salió y se rompió, lo cual no hizo que no intentase seguir agarrándome. La costilla flotante del lado izquierdo del torso también crujió, solté un grito más grave que el aullido constante y demoledor que me acompañaba durante todo este infierno. La cabeza golpeó el suelo pero gracias al casco el impacto sólo fue perturbador y desorientador. En ese instante la moto, debido al extremo rozamiento del estribo y de mi pierna, empezó a adquirir un nuevo movimiento en el que ya no sólo iba hacia delante, sino que empezaba a girar sobre sí misma, lo que a mí me desorientaba aún más.

Pensaba en cómo acabaría esto, cómo podría parar, quién me ayudaría, cuándo me encontrarían. Los movimientos circulares sobre mí mismo sólo me mostraban luces que se apagaban y se encendían. Eran las luces de las carreteras y la oscuridad las que con el giro de la moto daban la sensación de que se encendiesen y apagasen. Mientras mi cuerpo seguía girando a mucha velocidad sobre sí mismo, la pierna se destrozaba, mi brazo intentaba desesperado agarrar algo, mis ojos no sabían dónde mirar y mi torso, golpeado ahora por el depósito de la moto, me dolía sobremanera. Todo giraba y giraba, a lo lejos en una fracción de segundo pude ver un par de luces nuevas moviéndose, pero otra vez se hizo la oscuridad. Seguía girando a una velocidad elevada cuando pude ver de repente que me acercaba girando al guardarraíl.

Nunca en mi vida he sentido tanto miedo. Giraba y giraba sin que mi mente pudiese calcular con qué golpearía el guardarraíl. No podía pensar, con un movimiento instintivo alzaba ambas manos para intentar agarrarme a algo, intentaba alejar la cabeza del peligro. Otro giro más y pude ver el guardarraíl mucho más cerca, el golpe era inevitable, sólo esperaba que no fuese en la espalda o en la cabeza. No sé en qué momento ocurrió lo siguiente, sólo sé que parecía que todo se acababa ahí.

Un fortísimo impacto estremeció todo mi cuerpo, agotado, desorientado por el dolor. Un escalofrió recorrió desde el más pequeño de los huesos de la punta de los pies hasta la coronilla, pasando por la columna, enfriando mi cuerpo a toda velocidad. Dolor en la punta de los dedos de las manos y de los pies, en la cabeza ya no sentía ni siquiera dolor, la espalda estaba completamente agonizando, como intentando colocarse, el cuello apenas inmóvil, y de repente todo se acabó.

El resto es difícil de contar, sólo imágenes y sentimientos sueltos acechaban mi mente. El guardarraíl y una señal de tráfico salpicada con algo de sangre se veían con el rabillo del ojo. Parpadeo. Algo caliente saliendo de mi boca. Sangre, ahogo. Parpadeo lentamente. Una silueta se acerca, me grita algo. Yo toso y algo salpica el interior del casco, un zumbido retumba y sólo se llega a entender: «Aguanta, te vas a poner bien. Ya vienen...», todo se enfría, mis ojos no aguantan, se van cerrando, se van muriendo, y de repente, todos los recuerdos de una vida, con todo lo bonito, lo malo, lo bueno, lo íntimo, los recuerdos, todo lo ves por una última vez. Se intuye oír una sirena, no se tiene percepción del tiempo que ha pasado y se van cerrando los ojos con lágrimas brotando y cayendo hacia las mejillas, mezclándose con la sangre.

Los ojos se cierran en un silencio indefinido y de incertidumbre.

Capítulo 10

Voces en las tinieblas

No recuerdo nada más. ¿Estaba muerto en ese momento?

Todo oscuridad. No existía nada. Sólo oía entre tinieblas palabras sueltas. «Se recuperará». Sollozos. «Una mancha de aceite en la carretera».

En ese momento nada tenía ningún sentido, era como si todo fuese una lejana conversación escuchada en un viejo televisor. No es que no entendiese las palabras, es que no era capaz de vincular el sentido de cada frase con mi situación actual porque sencillamente no conseguía saber dónde, cómo ni cuándo estaba yo ahora mismo. Sólo oía a lo lejos y tapado por la oscuridad pequeñas palabras mientras un ruido mudo constante agitaba mi mente. Lo único que tenía, mi mente.

Poco a poco unas luces empezaron a surgir colores, una brizna de luz, leve y ligera como una nube. No sentía nada, sólo podía hacer algo parecido a pensar. No había dolor, pues no había ningún sitio donde sentirlo, sólo quedaba mi mente, y según pasaban los segundos cada frase y cada palabra escuchadas iban cobrando sentido. Cada voz se volvía reconocible, cada gemido y cada lágrima se volvía más triste.

Un hilo de luz se fue haciendo más y más grande mientras mi cabeza iba procesando todo lo que veía. Una luz blanca se apoderaba de todo lo que antes era oscuridad. La luz blanca borrosa e indefinible pasó a mostrar sombras mientras empezaba a sentir el peso de los párpados y los músculos de la cara. Las sombras no hacían nada, sólo mirarme, no reconocía nada. No sabía qué era todo aquello.

Giro la cabeza hacia el lateral de la cama y sólo alcanzo a ver una melena apoyada prácticamente en mi brazo, es Laura. Poco a poco voy vislumbrando entre sombras dos figuras más, mis padres, luego otra, mi hermano. Mi visión se va aclarando por completo y puedo ver al final de la habitación a mi hermana, están todos.

Parece que nadie se ha percatado de que poco a poco voy abriendo los ojos, aunque realmente lo que no sé es si he tenido los ojos abiertos todo el rato, pero es ahora cuando puedo empezar a ver.

Las sensaciones de mi cuerpo se asemejan a lo que uno sentiría si intentara levantarse teniendo miles y miles de pequeñas cuerdas atadas del cuerpo a la cama. Cada cuerda es ligera, fácil de quebrar, cada una individualmente es fácil de romper, pero al haber tantas cuesta moverse. Puedo ir rompiéndolas de una en una, empezando por la cabeza. Intento mover la cabeza. Empiezo a reclinarme, algo falla, siento mi cuerpo pero no puedo utilizar ciertas partes, es como si el estar aturdido se fuese y viniese constantemente, mis ojos se van cerrando como si el cansancio acumulado cayese de repente encima de mí. Otra vez las voces recorren mi mente: «Es muy difícil salvarla», «No sabemos cómo reaccionará», hasta que finalmente voy introduciéndome en una densa niebla negra según voy acordándome del final del accidente y del brutal impacto.

Abro los ojos, están todos ahí. No sé cuánto tiempo ha pasado, no tengo ni la más ligera percepción del tiempo que ha pasado. Laura sigue sentada a mi lado, con la cabeza apoyada en la cama y cogiéndome la mano. Mi padre y mi hermano están hablando con un doctor, y mi hermana y mi madre están hablando entre ellas hasta que me ven abrir y mover los ojos y avisan a los demás. Levanto los brazos y veo que los tengo bien, el derecho parece estar bien pero el izquierdo está escayolado, aunque lo puedo mover. «Menos mal, por lo menos me responden», pienso para mis adentros.

Una consecución interminable de imágenes sacude mi cabeza haciendo que me lleve una de mis manos a la sien. Las imágenes muestran el brutal impacto, todo girando, hasta que finalmente recuerdo, como si alguien me inyectase dolor, cómo el girar se detiene violentamente y cómo la señal de tráfico que había vislumbrado se incrusta en mi pierna. Tengo algunos moratones por el costado, una escayola tapándome el brazo izquierdo y más golpes por gran parte del brazo derecho. Según voy mirándome las manos muevo los dedos, todo correcto. Después de unos pocos segundos intentando calmar un poco el ambiente miro a mi familia y pregunto:

—¿Qué pasa?

Nadie contesta, mi hermano me dice:

—No te muevas mucho, descansa. —Mientras me pone una mano cariñosa en el hombro.

Cuando intento incorporarme apoyo las manos y mi hermano me echa una mano. Empujo con el brazo mientras él me ayuda por el otro lado a la vez que intento doblar las rodillas para recostarme. En la pierna izquierda la escayola apenas me permite moverme y sólo puedo sentir el previsible contacto del colchón y de las sábanas en el pie, pero en la pierna derecha apenas siento dolor alguno.

Como si de un delirio se tratase, con la mano derecha quito repentinamente la sábana que me tapa. Acto seguido lo que mis ojos ven causan en mí el *shock* más grande que he sufrido hasta ahora en mi vida. Mi mirada incrédula no puede relacionar lo que ve con lo que mi mente quiere ver, intento enfocar la vista más y más hasta que, rendido por la evidencia, me quedo atónito mirando el espacio vacío que ha dejado mi pierna derecha. Mi madre abraza a mi padre entre sollozos, Laura me aprieta la mano con fuerza, mi hermano baja la cabeza, mi hermana comienza a llorar. Sin poder creer lo que veo, algo dentro me pide vomitar mientras mis pulsaciones retumban fuertes y cada vez más rápidas en mi cabeza. Intento mantener la calma para que mi familia y Laura no se preocupen más de la cuenta, pero no soy capaz, la irracionalidad se apodera de mí y controla mi cuerpo y mi mente.

A los pocos segundos del *shock* comienzo a hablar entre un murmullo, entre dientes, y con la boca cerrada miro las reacciones de todos hasta que no puedo aguantar más y mi murmullo y mi voz se van transformando progresivamente en grito: «No, no, no puede ser, no puedo creer lo que estoy viendo, no puede ser. ¡Nooo, nooooooooo!». Los nervios no ayudan, todo desaparece a mi alrededor, sólo puedo pensar como si el resto del mundo y todo lo demás no existiese, pienso en que cuando mire mis piernas, cuando quiera andar, cuando quiera correr, cuando quiera hacer cualquier cosa, no volverá a ser como antes. Había perdido la pierna.

Las ganas de vomitar van en aumento y finalmente vomito. El pulso se acelera cada vez más, me comienza a doler la cabeza, mi pecho se hincha y se deshincha por el ritmo acelerado que mi cabeza desbocada promueve por todos mis sistemas y no puedo parar. Comienzan a sonar pitidos electrónicos de aparatos de control de salud. Recobro conciencia de mi entorno, las enfermeras empiezan a llegar junto con un doctor que parece demasiado joven para tener buena experiencia. Mis músculos están tensos, quiero pensar que esto es un sueño, pero no lo es. Esto es la realidad. «¡Nooo, nooooooo!», grito cada vez con más fuerza. Una enfermera me inyecta algo. Cuando siento la aguja en el brazo es demasiado tarde para empezar a moverse, entonces en ese momento justo empiezo a notar cómo mi cuerpo entra en barrena con unos temblores descontrolados cuando lo que me inyectan empieza a causar efecto. Con todo mi empeño procuro mantener mis ojos abiertos, sólo puedo ver unas estelas de mi familia que son obligadas a salir por orden del médico.

El peso de mis párpados me hace caer, lo último que recuerdo ver fue mi propio cuerpo destapado y con el pijama del hospital lleno de vómitos por encima, sin la pierna derecha, amputado y mirando mis manos mientras la oscuridad se proclamaba de nuevo. Este recuerdo me perseguirá toda mi vida.

Capítulo 11

Empezar algo nuevo

Poco a poco fui despertando, vislumbrando una imagen cerca de mí. Sólo veía una imagen quieta y serena delante de mí, una silueta definida por luz y oscuridad, nada más. Enfocaba la vista hacia la figura y podía ver poco a poco movimiento en ella.

La silueta blanca y negra se fue transformando en una imagen a color, como si alguien estuviese detrás de un cristal translúcido, hasta que finalmente mi vista se terminó de enfocar y pude ver a mi hermano. Su rostro hacia mí era inmutable. Estaba mirándome, yo estaba tumbado en la cama. Él estaba con la mirada perdida en el infinito. Yo fui recobrando la consciencia de donde estaba y todo lo que me había pasado. Según lo recordaba los nervios empezaron a llegar de nuevo, yo intentaba controlarlos. Empecé a moverme en la cama, como intentando echarme para atrás y pegar la espalda a la pared, moviendo los brazos y las piern… la pierna.

Emi salió de su ensimismamiento y se acercó a mi diciendo: «Calma, calma, hermano. Tranquilo, por favor». Me miró fijamente a los ojos y me puso una mano en el pecho. Yo, absorto en mi sufrimiento, de repente le miré a los ojos y una calma profunda me recorrió de arriba abajo. Miré a mi hermano a los ojos como nunca lo había hecho. Los dos estábamos compartiendo lo mismo. Le podía ver sufrir tanto como lo estaba sufriendo yo. Le pregunté:

—¿Por qué? ¿Por qué estoy así, Emi?

Mientras él me miraba y me agarraba la mano, me dijo:

—Tuviste un accidente. Había una mancha de aceite apenas visible… —Se le atragantaban las palabras con el sufrimiento.

Emi apenas podía gesticular. Se llevó una mano a la boca en el preciso momento en el que sus lágrimas empezaron a resbalar por sus mejillas. Yo no podía contener mi gesto, estaba todavía impactado y sorprendido. No podía creérmelo. Estaba pensando en quitar la sábana otra vez para contemplar lo que me había ocurrido, pero en ese justo momento entró mi padre por la puerta, me vio, se giró para decir algo a alguien que había fuera y acto seguido entró a hablar con nosotros.

Mi padre dijo con un tono suave y tranquilizador: «Hijo, calma...», mientras se acercaba también a consolar a Emi. Parecía que ni siquiera mi padre, que siempre tenía algo que decir, supiese qué añadir. Se me quedó mirando, yo me iba poniendo cada vez más nervioso inconscientemente. Interiormente sabía que si mi padre no decía nada más era porque no sabía qué hacer, fue en ese momento cuando comprendí que, como era obvio, esto era nuevo para todos. Todos estábamos sufriendo llevando cada uno nuestro «duelo» como podíamos.

Mi padre me dijo en un tono suave y conmovedor: «Tienes que ser fuerte». Mis ojos envueltos en lágrimas reclamaban el apoyo de mi familia y fue justo en ese momento cuando mi hermana y mi madre entraron en la habitación. Todos tenían mala cara, gesto de tristeza, ojos llorosos, hombros caídos, continuamente mirando al suelo. Me centré tanto en ellos que apenas me sentía a mí, no me gustaba nada verles así, no me gustaba nada transformar su estado de ánimo por mi culpa, era algo que había aprendido de mi ruptura con mi exnovia.

En aquella época era incapaz de animarme, mi familia lo intentaba pero no podía, y como no podía, yo me desanimaba más al verles tan tristes y el círculo se cerraba. Yo no estaba bien, ellos me veían que no estaba bien, ellos hacían los esfuerzos para intentar hacerme mejorar, apenas lo conseguían, yo me ponía más triste al verlo todo desde un mundo paralelo tras un cristal en el que mi auténtico yo estaba encerrado y gritando por salir de ahí.

Al cabo de unos instantes alcé la mirada y ahí estaban mi familia y Laura sin apenas saber qué decir. Era un momento muy difícil para todos. Mi madre se acercó y me preguntó si necesitaba algo, a mí apenas me salían palabras. Por una parte, intentaba calmarme, pero por otra, no podía evitar pensar en todas las cosas y todos los cambios que ocurrirían a partir de ahora. Realmente lo que quería y necesitaba era pensar en otras cosas. No quería pensar en mí. Le contesté a mi madre que no me hacía falta y se lo agradecí. Estábamos todos en la habitación sin apenas poder decir nada cuando un doctor entró junto con otra persona. Éste estuvo hablando unos momentos de la intervención, de los periodos de recuperación de la lesión de la pierna izquierda, del torso y de los golpes en los brazos y de un posible trauma psicológico a raíz de la amputación que necesitaba de evaluación previa. Parecía que iba a pasar una larga temporada en el hospital.

Cuando el doctor estaba finalizando su charla empezó a comentar que podría acceder a un equipo de psicólogos especializados en estos «traumas» y me presentó a la persona que estaba a su lado. Yo realmente no quería hablar con nadie de esto, sólo con mi familia, sólo quería desahogarme y seguir adelante. Le agradecimos al doctor la información y se marchó junto al psicólogo.

Recuerdo esos primeros momentos después del accidente, justo cuando me estaba despertando en mi habitación, con mi familia rodeándome y Laura a mi lado, fue duro, no quería hablar. Todos se mantuvieron ahí.

Las conversaciones se iban alejando de esa tristeza para convertirse en charlas más cálidas. En esos primeros momentos mi familia siempre me preguntaba si necesitaba algo o si quería hablar de algo, pero yo estaba demasiado cerrado. Mi mente dejó aparcada esa parte de mí y sólo quería que la herida se enfriase antes de hablar del tema.

Esas horas que fueron pasando desde que el doctor se fue fueron largas. Los temas de conversación con mi familia variaban mucho, temas poco interesantes, como para intentar distraerme, luego temas en los que ni siquiera intervenía o no tenía nada que ver, lo que dejaba a mi mente volver a reproducir el accidente, pero al final esas charlas consiguieron el efecto deseado. Poco a poco al ver a mi familia ahí sentada yo fui hablando cada vez un poco más. No es que fuese una fuente de conversación, pero sí incentivó un interés en establecer conversaciones. Las horas fueron pasando hasta que llegó la hora de que se fueran prácticamente todos. Mi padre se quedó conmigo esa noche, él fue quien me ayudó con mis necesidades, con el baño, con la comida, etcétera.

Estuvimos hablando tranquilamente después de que me trajeran la cena, charlamos de cosas livianas, sin mucha transcendencia. La habitación estaba muy inmersa en la oscuridad, la televisión con el volumen muy leve, mi padre tumbado en el sofá que estaba al lado de la cama. Parecía que estaba distraído viendo algún tipo de programa o documental, yo me quedé mirándole y tardó varios segundos en percatarse. Apagó la televisión, giró la cabeza y me miró.

—¿Te he despertado? Lo siento, hijo...

Le contesté:

—No, no, tranquilo, no me había dormido, estaba pensando, nada más... —Mi padre me miraba como esperando algo más—. Me da miedo cerrar los ojos. Estoy cansado, pero me da miedo cerrar los ojos porque me da la sensación de que voy a revivir el accidente una y otra vez y no quiero pensar en eso. Me da rabia no haber podido evitar esto, de verdad que iba atento a la carretera, papá. Estaba haciendo el esfuerzo de no distraerme pensando otras cosas, pero es que no se veía esa mancha, no había nada extraño en la carretera..., lo siento mucho, papá.

Mi padre, atónito, me miraba con ojos sumidos en tristeza y dijo:

—No tienes que pedir perdón, has tenido un accidente y ya estás sufriendo bastante. No tienes que pensar que esto nos molesta a nosotros. Nosotros estamos preocupados por ti, porque eres parte nuestra...

Como si no fuese ni yo mismo las lágrimas se asomaron por mis ojos, mi padre lo veía y su cara de tristeza me mataba. No quería que me viese así porque no quería que se pusiera peor, giré la cabeza hacia el otro lado intentando pensar en otras cosas.

—Papá, ponte la tele otra vez si quieres. No me molesta para nada, hace que me distraiga... Te quiero.

A los pocos segundos pude oír cómo se encendía la tele y entre una especie de inspiración fuerte, como si fuese un gemido muy bajito, escuché:

—Yo también te quiero, hijo.

Acto seguido sentí cómo todo el cansancio y la tensión del día se apoyaban encima de mí y caí sumido en un profundo sueño.

Abrí los ojos al día siguiente, sorprendido por no haber tenido una pesadilla o un sueño desagradable del accidente, sólo recordaba haber dormido y quizás algún matiz de recuerdo de mi familia en el sueño, todos alegres.

Pasaron así varios días, mi familia venía, se quedaba hablando conmigo, luego se marchaba y alguno de ellos o Laura se quedaba a pasar la noche conmigo en el hospital. Intentaba mantenerme con buen humor, pero según pasaban los días me sentía más inquieto. Iba asimilando el accidente, pero lo que sabía que no tenía todavía aceptado era lo de mi pierna. El resto del cuerpo sabía que antes o después se recuperaría, al fin y al cabo «sólo» eran roturas de huesos. Pero según pasaban los días quería salir a dar un paseo, salir fuera del hospital, pero no, no podía. Tenía que estar en la cama, tumbado prácticamente todo el día, el único rato en que me movía era cuando me lavaban, y era bastante vergonzoso, ya que algunas veces se quedaban Laura o mi padre, y aunque consciente de que ellos entenderían la situación, a mí me daba un poco de vergüenza.

Notaba cómo el mal humor se encallaba en mí e iba haciendo mella, las conversaciones seguían siendo agradables, pero algunas veces respondía con más agresividad de la habitual, y eso lo notaba yo y lo notaba la gente que me rodeaba. Según pasaban los días venían algunas veces algunos amigos: Koke, Gabi, también se acercaron varias veces a verme los padres de Laura, Ángelo y Criss, eran gente muy simpática, siempre me traían algo para comer, algún dulce o alguna revista para leer.

Así los días fueron transcurriendo hasta que pasadas varias semanas llegó por fin el día en que me quitaron las escayolas del cuerpo, del brazo, de la pierna, y las vendas del torso, que apenas molestaban pero que limitaban mucho el movimiento. Pensaba que eso habría sido lo más difícil de todo, pero no…

Capítulo 12

Paso a paso

Lo primero fue alivio. Cuando por fin, a las pocas semanas, me quitaron primero la escayola del brazo, las vendas del pecho y la gran escayola y todas las piezas metálicas que sujetaban y estabilizaban mi pierna izquierda. En ese momento el buen humor se reflejaba en mi cara por momentos.

Poco a poco me hacían levantarme con un par de ayudantes para apoyar la pierna, fue ahí cuando realmente asimilé lo que se me venía encima. Recuerdo a mis padres sentados en la habitación, mi hermano y mi hermana estaban trabajando, y Laura estaba llegando al hospital. Hablaba con mis padres tranquilamente, yo preguntaba por Laura para saber cuándo llegaría y ellos me comentaban que llegaría en un rato.

Cuando llegó el doctor yo estaba tumbado. El doctor dijo: «Bueno, ¿preparado para mover un poco esa pierna?». Yo confirmé con pesadez. A los pocos segundos entró en la habitación una mujer, Jacky, bastante fornida, de unos cincuenta y tantos años, muy simpática y cariñosa. Con mis padres sentados al lado de la cama Jacky me empezó a mover la pierna y a hacer algunos ejercicios para recuperar la movilidad mientras comentaba un poco lo que tendríamos que ir haciendo en los días siguientes. Esa primera sesión duró una hora, pero por la tarde tendría otra.

Por lo visto ella vendría durante una hora por la mañana y otra por la tarde toda la primera semana a hacer varios ejercicios de rehabilitación en la habitación. Después de esa primera semana sería yo quien tendría que ir, con ayuda de un enfermero o de la propia Jacky, en una silla de ruedas hasta la sala especializada donde realizaríamos ejercicios con varias máquinas. Y, por último, lo que ellos llamaban el «reaprendizaje» para referirse a caminar de nuevo.

Sinceramente, esa primera sesión con Jacky apenas me hizo nada, o eso pensé yo. Lo que sí noté al cabo de un par de horas eran unos pequeños pinchazos en el muslo y en el gemelo. La pierna estaba delgadita pero no sin musculatura, el color estaba blanquecino. La segunda sesión la noté algo más fuerte, los músculos querían estirarse, pero después de tantos tiempos inmóviles era difícil. Esa primera semana fue bastante desesperante, quería moverme, quería moverme más, quería salir, pero no podía. De hecho, no podía ni apoyar el pie en el suelo si no era con Jacky o con algunos enfermeros. Cada vez que lo intentaba alguien me echaba la bronca, y sinceramente, ya estaba muy cansado de estar así.

Las conversaciones con Jacky iban y venían, también eso me cansaba hasta cierto punto. No estaba acostumbrado a hablar tanto con alguien a quien apenas conocía, pero supongo que hablar tanto sería parte de su trabajo. Me imagino que con toda la gente a la que ella debía atender el que alguien le diera conversación debía de ser algo positivo, le haría pensar en otras cosas, reflexionar, etcétera. Además, no es que estuviese hablando constantemente o hablase de cosas aburridas, muchas veces incluso yo era quien entablaba conversación o hacía largos monólogos. Jacky era bastante alegre, y esa alegría se contagiaba, pero cuando se iba y me tenía que quedar otra vez quieto en mi cama el mal humor florecía. Era como si estar quieto incrementase mi malestar, me incomodase como un alfiler pinchando, sin embargo, cuando me movía, aunque fuese un poco en las rehabilitaciones con ayuda de Jacky, me distraía, me motivaba, me quería hacer mejorar y me daban ganas de hablar y hablar. Laura vino esa semana todos los días a verme, eso me animaba más, además ya contaba los días para poder empezar la rehabilitación en serio, empezar a caminar, etcétera.

Esa primera semana mis padres y Laura veían la rehabilitación en la propia habitación. Cuando Jacky se marchaba Laura siempre se acercaba y me preguntaba cómo estaba a la vez que me apoyaba la mano en el muslo. Mientras mis padres estaban sentados en el sofá yo le daba besos en el cuello y la abrazaba.

Sin la escayola en la pierna y la recuperación en ciernes Laura se quedó algunos días a dormir conmigo, yo le susurraba al oído lo mucho que había echado de menos el dormir con ella y le decía que tenía muchas ganas de volver a casa con ella. Me miraba y me besaba.

Pasó la primera semana y parecía que todo mejoraba poco a poco. Jacky me venía a buscar con una silla de ruedas a pesar de que ésa no era su obligación, y mis padres, mis hermanos y Laura se quedaban o se iban a tomar algo durante esa hora u hora y media de rehabilitación.

Las conversaciones con Jacky cada vez eran más fluidas y divertidas, me sentí muy sorprendido cuando al llegar a la sala de rehabilitación por primera vez me dijo:

—Sé que lo que viene ahora va a ser difícil, ¿vale? Yo estoy contigo... Hay más gente que puede ayudarte por aquí, pero quiero que si sientes algo, o quieres hablar de algo, o quieres intentar algo, me lo digas.

Yo estaba completamente descolocado y mis energías y mi humor se habían venido un poco abajo por la contundencia de sus palabras.

—Jacky, pero... ¿Por qué me dices eso ahora?

Ella me miró con una sonrisa y dijo:

—No te preocupes, dentro de poco esto habrá pasado.

La miré con gesto extraño y comenté:

—Así que esto va a ser difícil, ¿no?... Me encantan los retos.

No era consciente totalmente de lo que había dicho, ya que no quería plantearme esto como un juego, pero la verdad es que tomarlo como algo así hacía que fuese menos doloroso. Jacky me miró y me dijo:

—Así me gusta, vamos a empezar.

Empezamos haciendo unos estiramientos en unas colchonetas con mucha calma. Intentaba estirar más y más, pero apenas podía, Jacky me iba colocando de un lado para otro con destreza y cuidado, yo la avisaba cuando no podía más, entonces ella me decía que me relajase, que cogiese aire y que lo expulsase, entonces lo volvíamos a intentar. Todos esos pasos debían de ser los adecuados, porque en la primera semana de rehabilitación en la habitación ya había conseguido mover la pierna mucho mejor que antes.

Jacky me decía:

—Tenemos que hacer que esta pierna esté bien fuerte y que te aporte un buen equilibrio, yo sé que puedes hacerlo, pero ¿lo sabes tú?

Me quedé mirándola con una pequeña sonrisa en la comisura de los labios y dije:

—Esa frase parece sacada de una película, Jacky, ¡ja, ja, ja, ja, ja!

Entonces ella me miró mientras apoyaba el cuerpo encima de la pierna y se empezó a reír con suavidad para no producir muchos rebotes en mi cuerpo. Al cabo de un rato me dejó solo, sentado unos minutos en la silla de ruedas, y se fue a atender a un señor mayor. Parecía que también acababa de llegar a la sala de rehabilitación. Cuando Jacky lo hubo ayudado llegó un enfermero y el señor mayor se fue con él. Aquel hombre me miró y me pareció ver que hizo un pequeño gesto amistoso con la mano. Entonces, mientras Jacky movía mi silla, giré la cabeza e intenté mirarle, pero apenas llegué a ver nada.

Ese día de recuperación pasó con tranquilidad, notaba la pierna mejor, pero aún no había intentado mantenerme en equilibrio, estaba bastante ansioso por moverme un poco.

Llegué a mi habitación, me tumbaron en la cama y acto seguido llegaron Laura y Emi. Mi hermano había llegado hacía un rato y había dado una vuelta, me dijo que mis padres y Mabel se habían marchado a casa, era tarde y parecía que mi padre no se encontraba muy bien, así que mi madre se fue con él y Mabel a cuidarlo. Emi dijo que no era nada serio, que se le habría cortado la digestión o algo por el estilo.

Estuvimos hablando los tres un buen rato, Emi, Laura y yo. Hasta que llegó Zack con Sara. Me alegró muchísimo su visita, estuvimos hablando bastante tiempo. Zack me comentaba que la empresa iba bien, pero yo podía ver agotamiento en su cara. Emi estuvo hablando con Zack bastante tiempo mientras Sara y Laura hablaban conmigo de cosas variadas. Laura hablaba de cosas de medicina que estaban desarrollando en su departamento de trabajo mientras que Sara le comentaba también algunas aplicaciones en el campo de la veterinaria, donde ella trabajaba.

Luego, entre todos empezaron a preguntarme varias cosas, pero yo estaba empezando a quedarme dormido. Zack estaba algo raro, nervioso o como con miedo. Les dije a los demás que nos dejaran a solas un rato. Estuvimos hablando sólo cinco minutos, pero fue suficiente para tomar una decisión. Zack me comentó que estaba bastante agobiado con ciertos proyectos que habíamos empezado, que también había algunas cosas que él solo no podía decidir o reestructurar. Según decía esas palabras se hizo un brusco silencio, me miró fijamente y me dijo:

—Perdona, perdona, no tendría que haber dicho nada. No estoy mal para nada, tú no te preocupes. Estoy bien, de verdad.

Le miré a los ojos, le puse una mano en el hombro y dije:

—Ey, Zack, en nada voy a estar ahí, ¿vale?

Él me miró con una sonrisa y me dijo:

—Claro que sí, ahora lo más importante es que te mejores..., pero hazlo pronto je, je, je, je.

Zack avisó a los demás para que entrasen mientras pronunciaba esas palabras. Sé que a veces esa forma de hablar suya podría parecer insensible o sus palabras pronunciadas con demasiada frialdad, pero entre Zack y yo nos permitíamos esas confianzas, bromas y demás comentarios que oídos de boca de otros pueden parecer inapropiados.

Zack y Sara se marcharon a los pocos minutos, nosotros tres nos quedamos en la habitación. Había sido una visita inesperada pero muy divertida. Laura se acercaba a darme besos de vez en cuando mientras que Emi se quedaba sentado leyendo algo o viendo la tele. Le comenté a Laura que le había oído decirle a Sara que mañana tenía que entrar a trabajar muy pronto, así que le dije a Emi que si no le importaba quedarse hoy en la habitación conmigo, que quería comentarle algunas cosas. «Por supuesto», dijo Emi sin ningún tipo de pegas. Laura me preguntó un par de veces al oído si de verdad no me importaba, yo le dije que no se preocupase, que además quería comentarle a Emi algunas cosas que llevaba pensando un tiempo. Laura se tumbó quince minutos conmigo mientras veíamos una peli en la cama del hospital. Emi salió a llamar por teléfono a su novia y a dejarnos algo de intimidad.

Laura y yo nos miramos a los ojos tumbados, a la mínima distancia, yo le acariciaba la cara. Le dije que tenía muchas ganas de volver a estar en casa con ella, me besaba con pasión mientras yo la miraba. Estábamos tan cerca que apenas había espacio para las palabras, sólo había espacio para nuestros besos, besos que expresaban sentimientos, poemas, canciones, belleza, amor. Le dije: «Te quiero». Ella me miró con una sonrisita que conocía muy bien en el preciso momento en el que llegó Emi. Laura se fue levantando y mi hermano entró en la habitación y nos preguntó entre sonrisas si necesitábamos más tiempo. Le dijimos que no se preocupase mientras nos reíamos. Laura estaba recogiendo sus cosas con calma, me besó y me susurró un te quiero al oído, se despidió de Emi y se fue a casa. Al cabo de un rato, mientras mi hermano y yo veíamos una película, me llamó para decirme que estaba bien y que se iba a dormir.

Emi y yo nos quedamos solos y empezamos a hablar. Le pregunté qué tal estaba a propósito de lo que hablamos hace unos días, él me contestó que estaba mejor con su novia, Mara, que quería hacer algo provechoso con su vida, que ya se estaba cansando de buscar un trabajo e intentar desarrollar sus cosas, que quería hacer algo bien, etcétera. Le estuve escuchando atentamente pero tuve la necesidad de interrumpirle. Le dije que necesitaba su ayuda con la empresa, que veía que Zack estaba muy desbordado y que nos vendría bien una ayuda. Él me contestó que no hacía falta, que no quería acceder a un puesto sólo por ser el «hermano de», yo le contesté ofendido que no era por que fuese mi hermano y realmente no era así.

Emi siempre me había demostrado ser muy inteligente y sus estudios así lo avalaban, ingeniero de redes estructurales e infraestructuras sociales, una modalidad de ingeniería relativamente nueva pero que tenía muy buena reputación en otros lugares del continente. Así que habiendo sido Emi el primero de su promoción y con la beca de investigación que le ofrecieron al acabar la carrera, creo que era el candidato óptimo. Así que le dije que no sólo era una especie de puesto que quería para ayudar a Zack temporalmente, no, le quería como una especie de asesor y consultor propio de nuestra empresa, alguien que tuviera un buen punto de vista, totalmente objetivo y que desde un prisma externo nos pudiera corregir ciertos aspectos de procesos estructurales de la empresa y revisar informes y análisis de nuestros proyectos. Es decir, iba a hacer lo mismo que nosotros, sólo que ahora con Zack y más adelante los tres juntos.

Emi se ilusionó bastante al oír esas palabras, me dijo que le parecía perfecto. Se levantó de la silla y me dio un fuerte abrazo mientras me decía que muchas gracias y que no me iba a arrepentir. Acto seguido llamamos a Zack por teléfono, era un poco tarde, pero la noticia merecía la pena. Él contestó la llamada sorprendido y asustado, pero todo eso se volcó en una espléndida alegría cuando le dije que Emi había aceptado y que tenía muchas ganas de trabajar con nosotros. Emi y Zack hablaron por teléfono para ver qué día empezaba a ir a la oficina, parecía que sería pronto, a los dos o tres días. Al finalizar la llamada Emi dijo: «Estupendo, lo voy a hacer lo mejor que pueda, hermano», le dije que estaba seguro de ello, así que cuando terminamos de hablar de ese tema empezamos a ver un poco una película de acción que ponían en televisión.

Yo me iba quedando dormido poco a poco, la cabeza me daba tumbos, hasta que por fin me dormí. Fueron sólo un par de segundos o minutos, ya que un terrible susto al revivir el accidente en una pesadilla me hizo restallar en la cama como si alguien me hubiese movido. Al verme agitado, Emi se acercó y me dijo: «Tranquilo, tranquilo, estás aquí, estás bien». Hasta ese momento de la noche apenas era consciente de mi situación, estaba más pendiente de los demás que de mí mismo. Pero al revivir el accidente, sentir otra vez todo, fue como si una neurona pudiese desatar toda la conexión del recuerdo y me devolviese a la realidad. Me desplacé de la cama hacia atrás, asustado, volví a mirar el espacio vacío dejado por mi pierna, e impactado de nuevo, mis lágrimas volvieron a brotar.

Es muy difícil explicar esa reacción, de estar muy contento y alegre a quedarme dormido unos instantes y a encontrarme otra vez deprimido como hacía mucho que no me sentía.

Ese sueño me trajo no sólo el recuerdo del accidente. Al despertarme todavía una parte de mí estaba dormida, estaba incontrolada, los sentimientos afloraban desde lo más profundo de mí. El pensar en que no podría a volver caminar como hacía antes, el salir a correr, el no poder hacer uso de ambas piernas, me machacaba. Incluso el no poder volver a montar en moto. Sin apenas darme cuenta estaba contándole todo esto a Emi, incluso contándole cosas personales y traumáticas, el pensamiento más interno que podía tener acerca de cómo haría variar esto mi relación con Laura, cómo me vería ella, el miedo a perderla por no resultarle atractivo, los miedos más irracionales, más desconfiados, más tóxicos. Emi estaba escuchando asombrado ciertas cosas y me intentaba interrumpir para que yo no siguiese desvariando. Ahora que lo pienso, él tuvo que sufrir mucho ese día, ya que pasó de un estado de completa tranquilidad al saber que trabajaría en algo que le gustaba conmigo y con Zack, a de repente verme asustado, acomplejado por mi nueva situación e incluso fuera de mí.

Emi cogió su teléfono y llamó rápidamente a alguien mientras me decía que me calmase, un hilo de voz recorrió el auricular y me pasó el teléfono. Al instante una voz muy dulce y familiar me dijo: «Te quiero. Voy a estar contigo siempre». Era Laura, mi hermano la había llamado y su voz hizo que me desactivase como una alarma, me hizo volver a la realidad más bonita y más apreciada que tenía. Emi le dijo que muchas gracias después de que yo le dijese que también la quería y finalmente colgaron el teléfono.

Mi hermano dijo:

—Va a salir todo bien. —Me miró a los ojos y prosiguió—: Te lo aseguro.

Sus palabras sonaron con una convicción con la que nunca jamás escuché hablar a nadie, me inspiró tal confianza que me hizo replantearme mis escalas de valores acerca de ese tema.

Le abracé fuertemente y él me devolvió el abrazo con mucho cariño.

Tuve varias noches como ésa, caía dormido y a los pocos momentos me despertaba asustado y descontrolado.

Los días pasaban, unos días venía mi padre a hacerme compañía y a dormir conmigo, pero otros era Emi quien se quedaba porque mi padre no se encontraba bien del todo. Otras veces era Laura quien se quedaba, y así pasaban los días. Entre rehabilitaciones musculares, charlas amigables, etcétera.

Uno de esos días, en la sala de rehabilitación, hablando con Jacky, me dijo que tenía que atender a otra persona. En aquel preciso instante el señor mayor al que vi la otra vez, el que se movía con bastante dificultad y que me saludó cordialmente, volvió a hacerme el mismo gesto. De repente, como lo más natural del mundo y con una sonrisa, se me acercó con cautela y se presentó.

Se llamaba Edpun, tendría unos sesenta y pocos años y me había reconocido por alguna de las publicaciones en revistas especializadas del motor. Me dijo que quería darme las gracias, yo le pregunté por qué y me dijo que había tenido un accidente muy fuerte en coche. Iba con su mujer y ambos se salvaron. Él se rompió las dos piernas y tres costillas, pero a pesar de eso, a pesar de su situación, me agradecía como algo personal el haber evitado peores consecuencias, sabía que podía haber muerto en el accidente, su coche quedó completamente aplastado y gracias a un sistema de celdas móviles de alta resistencia y ligereza diseñado por mi empresa la estructura de los pilares de los ocupantes quedaba completamente a salvo. Literalmente, Edpun y su mujer se salvaron gracias a este sistema, y Edpun lo sabía.

No podía evitar alegrarme infinitamente al oír eso. Era un reconocimiento que te hacía sentir feliz al saber que estabas haciendo algo bueno por la gente. No es ése el motivo por el que uno se dedica a hacer eso, no es por el reconocimiento, es por el sentir que has hecho algo bueno. Y cuando oí las palabras de Edpun me sentí muy gratificado. Era digno de admirar cómo Edpun a pesar de parecer estar muy machacado por el accidente, era tan amigable y tan alegre, y más cuando me enteré de que llevaba varios meses con la rehabilitación y sin poder salir del hospital debido a que tenía algunos traumas internos que necesitaban atención constante. A pesar de ello, Edpun era muy alegre y simpático. Estuvimos hablando de cosas varias, él era un auténtico fan de los coches y de las motos, como yo, y también era ingeniero. Me comentó que estuvo trabajando en un estudio de diseños de motor con nuevas tecnologías durante mucho tiempo, y que en los últimos años las aplicaciones que mi empresa había proporcionado al sector eran apabullantes. La verdad es que después de todas esas malas noches sin dormir, esto era un gran contraste que me emocionaba.

Edpun y yo fuimos hablando y entablando amistad poco a poco en las rehabilitaciones. Jacky todavía no me permitía intentar ponerme de pie, me decía que teníamos que terminar unos cuantos ejercicios más de movilidad, y que dentro de poco lo podría intentar.

Cada día que pasaba sin poder ponerme de pie estaba más y más nervioso. Veía a Edpun caminando y me daba envidia. Él se empeñaba en decirme que ya llevaba varios meses con la rehabilitación y que aun así no sentía seguridad para salir solo a caminar, y que yo sólo llevaba unas pocas semanas, que debía tener calma.

Después de cada rehabilitación me llevaban a mi habitación y me tocaba estar tumbado o sentado prácticamente la totalidad del tiempo, viendo cómo venían mis padres, mi familia, Laura, y como ni siquiera podía ponerme de pie con ellos para dar un paseo, todo eso me frustraba. Pasaban los días y yo quería ponerme bien, pero no podía, sentía que no me dejaban. Cada uno de esos pesados días cargaba mi conciencia de mal humor que descargaba con la gente de mi alrededor. Ya había pasado un mes y me daba la sensación de que no conseguía seguir adelante. Jacky más de una vez me paró los pies diciéndome que me tenía que tranquilizar, que es mejor ir despacio y ponerse bien y con seguridad que hacerlo rápido, mal y a medias.

Era difícil intentar controlar esa parte de mí que se moría por salir y volver a mi vida, lo que yo no alcanzaba a comprender era que tardaría en volver a ser mi propia vida.

Uno de esos días, mientras estaba con Edpun en la rehabilitación, vi cómo él comenzaba a caminar, con esfuerzo, pero bien. Por lo que tenía entendido, Edpun ya había comenzado a andar hacía un mes aproximadamente, pero su estado requería más seguimiento. Yo, sin embargo, no podía ni intentar sostenerme. Le pregunté a Jacky si esta vez lo podría intentar, me dijo que me faltaban sólo tres días para empezar con el proceso de reaprendizaje para caminar. Debí de poner un gesto bastante expresivo porque Jacky rápidamente me repitió que dentro de tres días empezaríamos. Edpun, que estaba a mi lado, me miró, agachó la cabeza y dijo: «No tengas tanta prisa, eres joven, cuando te pongas a aprender aprenderás mucho más rápido, y cuando te toque reaprender a caminar lo cogerás muy rápido. Pero, sobre todo, lo más importante es que tú mismo seas consciente y te creas el hecho de que volverás a caminar. Eso es lo que a mí me ayuda cada día».

Mientras Jacky me llevaba en la silla de ruedas pude ver a mis padres y a mi hermano entrar en la habitación. Jacky les comentó que saliésemos con la silla de ruedas a dar un paseo, que hoy tenía un día algo más «gruñón» de lo habitual.

Estuvimos cerca de una hora por los alrededores del hospital viendo las zonas verdes. Otros días habíamos ido por esas zonas, pero ese día especialmente me pareció que todo el mundo estaba caminando o corriendo y todos parecían disfrutar mucho. Todo parecía de un verde brillante, con destellos de luz sacudiendo el cielo, el suelo, las nubes, los árboles, con radiantes rayos de sol amarillos como el oro, con los preciosos pájaros piando al unísono. Como si todo estuviese dispuesto a darme el máximo placer audiovisual, como pidiéndome salir a caminar y acabar, por fin, descontrolando la única pieza de mi cerebro que me hacía estar sentado en la silla.

Mi cabeza, sin poder negociar con mi lógica, me pedía a gritos saltar de la silla y ponerme a correr, o levantarme y hacer algo, aunque sólo fuese caminar despacio. Todo parecía que era una enorme prueba. Emi, que iba a mi lado, me miró y dijo: «¿Te apetece que volvamos ya?». Él sabía que siempre me apetecía estar por la calle o dando una vuelta con ellos, sobre todo ahora, por no sentirme encerrado en el hospital. Pero mi hermano, que era una de las pocas personas que era capaz de pensar como yo, debió de haber visto a toda la gente que había por ahí caminando, corriendo, y el día tan bonito que hacía, y dedujo que yo estaba deseando levantarme y hacer esas cosas que ahora mismo tenía tan limitadas. Pero no debía, no podía. Así que volvimos tranquilamente a la habitación y otro día más pasó con sus horas descargando sobre el reloj.

Al día siguiente Jacky empezó a levantarme y a hacer ejercicios conmigo en los que yo conseguía estar erguido y de pie, apoyado en ella.

—Con mucho cuidado —me dijo—. No intentes caminar aún. —Mientras me apoyaba cariñosamente una mano en la espalda y otra en el pecho, ella trataba de mostrarme únicamente lo que costaba mantener el equilibrio.

En ese momento noté algo muy extraño en mi cuerpo, empecé a notar la falta real de mi pierna. Era como si te pusieran un colchón de aire debajo del pie, sólo sintiendo el equilibrio podía notar la falta de coordinación del resto de mi cuerpo. Cuando terminamos esa sesión me sentí bastante desanimado por el hecho de ver lo difícil que podía ser esto. Por otra parte, me moría de ganas de poder estar de pie más tiempo y que Laura me pudiese ver, abrazarla como la abrazaba antes, poder apoyar mi mentón en el perfecto espacio que deja su cuello, como resguardándome de todo esto. Algo tan sencillo como eso atraía toda mi atención, y de hecho durante varios días fue mi motivación para seguir adelante.

Un par de días más pasaron. Otras preguntas como: «¿Cuándo podré volver a mi casa?», o «¿Cuánto tardaré en estar bien?», asomaban a mi curiosidad. Yo las intentaba calmar diciéndome: «Paso a paso». Estas preguntas las compartía con Edpun, y le preguntaba cómo era capaz de llevar tanto tiempo aquí. Ya llevábamos un par de semanas hablando y hablando, no sólo en las rehabilitaciones. Algunas veces su mujer venía con él a mi habitación y nos preguntaba si podría quedarse Edpun con nosotros un rato porque ella tenía que marcharse a hacer unos recados importantes. Por supuesto que podía, era una persona muy agradable. Cada vez que venía el propio Edpun nos decía que lo sentía, que no quería ser un estorbo. Siempre le decíamos que jamás pensábamos eso. Incluso mis padres le decían que viniese siempre que quisiera. De hecho, mis padres alguna que otra vez entraban a su habitación a saludarle a él y a su mujer como quien va a ver a un amigo más.

Todo era una sucesión de hechos constante y rápida en la que el paso del tiempo iba marcando hitos en mi vida, como ocurre con la vida de cualquier otra persona. Hasta que llegó el día en el que por fin Jacky me dijo: «Hoy toca ponerse de pie».

Capítulo 13

Primero un pie y luego...

Jacky me llevaba con calma a la sala de rehabilitación mientras yo, como si de un niño pequeño se tratase, me moría de ganas de intentar ponerme de pie después de tantísimo tiempo. Aún recuerdo el instante en el que me separé de la silla, Jacky me cogía completamente a horcajadas mientras me acercaba a las barras paralelas. Hasta ese día habían pasado varios meses. Tenía la pierna destrozada cuando llegué al hospital, tenía múltiples fracturas, estaba hecha añicos. Los médicos y la propia Jacky me habían confesado que había tenido una primera etapa de rehabilitación muy rápida, que todavía me quedaba bastante, pero que la pierna rota había mejorado muy rápidamente.

La primera vez que volví a intentar caminar después del accidente fue muy frustrante. Te sitúas en las barras e intentas ir a la pata coja, pero todo el equilibrio y tus músculos están totalmente desentrenados. Así que intentas apoyar ambas piernas...

Tu cerebro sigue enviando las señales para que apoyes la pierna. Es como si hubiesen desconectado tu pierna del cuerpo, pero tu cerebro sigue intentando controlarla. Buscas el suelo con el pie, pero no sientes nada, ni el roce del pantalón.

Entonces lo notas. Sientes realmente cómo será caminar a partir de ahora. Tienes que caminar con la pierna que te queda y con los brazos en las muletas, o en las barras, si quieres utilizar sólo la pierna has de hacerlo a la pata coja.

Jacky me iba tratando de convencer de que se debe hacer poco a poco, primero debo apoyarme mucho en las barras y practicar y practicar sin parar. Y sobre todo me dice que debo hacerlo bajo su supervisión. Ese primer día, haciendo ejercicios en las barras, me resultó muy difícil y agotador, tan sólo cinco minutos intentándolo hizo que absorbiese el aire a bocanadas tan grandes que parecía que mis pulmones iban a estallar dentro de mi pecho. Las pulsaciones se sienten por todo el cuerpo, y mis músculos tiemblan de agotamiento. Al cabo de los cinco minutos le pregunté a Jacky: «¿Por qué estoy tan agotado? ¿Cómo es posible?». Yo siempre me había considerado una persona muy deportista y saludable. Ella me hizo contar los días que llevaba sin apenas moverme y me dijo que ahora era cuando teníamos que recuperar eso. Yo, cabizbajo y deprimido, me dejé recoger por Jacky, que me puso en unas colchonetas y empezamos a hacer más y más estiramientos.

A lo lejos pude ver a Edpun acercándose despacio, como siempre, como tanteando el terreno, al final se sentó a nuestro lado. Jacky le preguntó cómo se encontraba hoy, él dijo que bien, sólo que sentía el estómago un poco dolorido. Jacky dijo:

—¿Prefieres que hoy dejemos la rehabilitación? No hay por qué hacerlo ahora mismo.

Edpun, sonriente, contestó:

—¡No he venido hasta aquí caminando tan despacio para irme ahora! ¡He tardado veinte minutos en andar doscientos metros, Jacky!

Acto seguido empezamos a reír. Me encantaba esa cualidad de Edpun de poder reírse y ser positivo en cualquier situación.

Jacky se disculpó un segundo y fue a buscar algo o a alguien. Edpun y yo nos quedamos solos, él comentó que parecía que Jacky evitase estar con los dos al mismo tiempo, siempre desaparecía. Yo asentí con una sonrisa sin darle mucha importancia, pero valorando la atención que mi compañero le ponía a todo. Edpun me preguntaba qué tal llevaba la rehabilitación, yo le iba diciendo que no sentía que podía caminar, y cuando me ponía en las barras paralelas tardaba mucho y me agotaba aún más. Edpun se puso a mi lado y me contestaba: «Todo lleva su tiempo, si intentas dar un paso muy largo te caerás. No tienes por qué intentar dar un paso donde lo dabas antes, sólo tienes que intentar que el pie apoye en la posición en la que el cuerpo te lo pide ahora. No se trata de recordar cómo lo hacías antes, sólo de caminar ahora».

Cada palabra que él pronunciaba yo la escuchaba con atención, no sabía cómo podía decirme eso si nunca había pasado por esto. Pero Edpun parecía leerme el pensamiento.

—Yo no he perdido una pierna, pero he perdido mucha movilidad. Cada músculo de mi cuerpo quiere extenderse como lo hacía antes y caminar como lo hacía antes, pero a base de intentarlo me he dado cuenta de que no puedo hacerlo igual que antes, sino que tengo que hacer movimientos nuevos, o gestos y apoyos que antes no eran necesarios...

Según concluía esas últimas palabras Jacky apareció de nuevo y le dijo:

—Oye, a ver si me vas a quitar el trabajo.

Edpun la miró con una sonrisa de confianza y con un tono agradable dijo:

—¡Jacky, nadie podría ayudarnos con estas rehabilitaciones mejor que tú!

Ella se sonrojó y nos miró a ambos con ojos cariñosos.

—Como todavía no podéis correr voy a aprovechar para daros un abrazo.

Todos reímos unos segundos. Esa broma, a la vez que me motivaba para pensar que algún día podría moverme con soltura, me dejó un poco aturdido por la frialdad con la que Jacky la había dicho. Intentaba no darle más vueltas a una simple broma, pero debe de ser que la toxicidad de mis pensamientos por el mal humor general, por mi situación abrumadora y por mi regocijo en mi situación física hicieron que cuando llegué a mi habitación la tristeza se asentara de nuevo.

Era muy incómodo, podía estar alegre en un momento y, de repente, me podía venir abajo. No era sólo la pierna, era el hecho de que pasase tanto tiempo ahí, no tenía un entretenimiento ni un trabajo, estaba ahí para recuperarme, pero el tiempo en el que no estaba recuperándome físicamente quería pasarlo haciendo cosas que me alejasen de pensar en recuperarme. Pasaba mucho tiempo en la habitación o por el hospital.

Algunos de mis amigos venían a visitarme de vez en cuando. Koke y Gabi vinieron un día después de jugar al futbol. Estuvimos hablando de variedad de cosas y, finalmente, a raíz de sus equipaciones de futbol, que aún llevaban puestas, empezamos a hablar de su partido. Ellos estaban eufóricos y contentos por su victoria, Koke había marcado un golazo y Gabi había evitado un par. Mientras contaban todas esas historias yo no podía parar de mirarles, les veía cómo se movían, les miraba las piernas, les veía contentos y felices. Llegó un momento en el que, absorto en mis pensamientos, podía verles mover los labios y gesticular, pero no podía parar de pensar en la envidia que tenía en ese momento, y una parte muy negativa de mí se despertó.

Esa negatividad me hacía malpensar que estaban ahí para eso, para darme envidia. Me iba oscureciendo mientras veía cómo mis amigos seguían contando anécdotas. Al cabo de un rato, con toda la amabilidad que podía sacar de lo más profundo de mí, dije:

—Chicos, por favor, parad de hablar de eso. No puedo aguantar más estar aquí y vosotros contándome cómo corréis y os movéis…

Mi madre y mi padre, que estaban sentados en el sofá leyendo una revista, levantaron la mirada rápidamente al oírme decir eso. Mi madre intervino y dijo:

—Hijo, no hables así, tus amigos han venido a saludarte.

Gabi me miró a los ojos y vio asomar mis lágrimas. Dijo:

—Es cierto, Koke, es mejor que vengamos otro día. —Me guiñó un ojo—. Además, es mejor que descanse para que se recupere pronto.

Gabi dijo esas últimas palabras con toda la amabilidad de la que disponía, que era mucha. Mi padre salió de la habitación con ellos mientras yo, desde dentro, podía oír cómo les pedía disculpas y les decía que ya llevaba bastante tiempo aquí y que estaba empezando a ponerme nervioso. Mis amigos le dijeron que no pasaba absolutamente nada, que era comprensible. Al cabo de un minuto mi padre entró en la habitación de nuevo.

Mis padres estuvieron hablando conmigo bastante rato hasta que llegó Laura. Habían estado los últimos días algo más desaparecidos, nadie me sabía decir por qué, pero lo cierto es que en la última semana habían sido Emi, Mabel y Laura quienes se habían quedado a dormir conmigo. Laura me dijo que sería porque mis padres estarían cansados de tanto ir y venir y que querrían descansar un poco.

Esa misma noche Laura, al cabo de un par de horas, se fue a casa porque al día siguiente madrugaba otra vez. Mis padres se quedaron conmigo hasta bien entrada la noche. Mi padre se quedó a dormir, como tantas otras lo había hecho también mi madre. Mi padre me preguntaba qué tal aguantaba las recuperaciones, si sentía la pierna más fuerte, más coordinada. Yo decía que sí, que notaba mejoría, pero poco a poco. Tuvimos una conversación muy parecida a la que había tenido con Emi días antes, en la que le comentaba lo que echaba de menos, lo que añoraba, lo que quería. Mi padre, desde la butaca del hospital, con las manos en la barbilla y con los codos apoyados en las rodillas, dejando caer el peso hacia delante, escuchaba con suma atención cada una de mis palabras. Miraba cada uno de mis gestos, leía cada una de mis lágrimas. Yo intentaba no llorar, pero sabía que algo estaba afectándome sentimentalmente y no podía evitarlo.

Echaba de menos muchas cosas y sabía que echaría de menos otras muchas «cosas» más que todavía no había comenzado a vislumbrar. Mi padre me miraba y decía:

—Hijo, la vida muchas veces te pone a prueba. Tú tienes que ser fuerte y aguantar. Aguantar y resistir. Te caerán los cielos encima, y tú tienes que ser fuerte y levantarlos de nuevo. Yo sé que puedes aguantar esto y mucho más. —Me miró a los ojos, como cuando era niño y me explicaba las matemáticas o las ciencias. Asentí con la cabeza, le miré un par de veces y me puso una mano en el hombro, luego se reclinó un poco en su silla hacia atrás—. Con todo lo que te he visto aguantar te aseguro que puedes con esto.

Miré sorprendido a mi padre, puesto que nunca me había parado a pensar en la opinión que podía tener él de mí. Ver mi vida desde su punto de vista, él lo sabía todo acerca de mí.

Esa noche mi padre y yo seguimos hablando de más temas hasta que cayó dormido. Apenas pude dormir, pensaba en lo que me había dicho mi padre, en la forma de pensar que había experimentado cuando mis amigos habían venido a verme, en todos los altibajos en mi humor estos días, pero sobre todo, cada vez les daba más vueltas a las palabras que mi padre había dicho —«Yo sé que tú puedes aguantar esto y mucho más»—, esa confianza me daba fuerzas, me hacía creérmelo todo, y sobre todo, me ayudaba.

Como he dicho otras veces, los días pasaban como pasan los coches en una autopista, delante de tus ojos, rápidos, sin poder detenerlos. Por una parte, esa sensación me hacía angustiarme, por otra, poco a poco, pero muy poco a poco, veía algunos progresos.

Junto con Jacky las recuperaciones se iban haciendo mucho más duras, y Edpun siempre estaba ahí para animarme. Jacky insistía mucho en que no intentase caminar solo, que siempre fuese con ella, o en su defecto, con algún enfermero. Pero yo estaba muy ansioso. Era como tener algo que sabes que todavía no puedes usar. Tenía ganas de poder ponerme en pie para poder sentir que soy el mismo, para que Laura me viese, para que mi familia no se tuviera que preocupar más, para poder superar esto, seguir adelante.

Cada noche estaba de charlas, unos días con mi padre, otros con mi madre, con Emi, con Laura, con Mabel e incluso algún día con Zack, que insistía mucho en quedarse algunas veces para poder estar tranquilamente conmigo. Esos días me ponía al día, me comentaba que Emi ya estaba trabajando con él y que le ayudaba mucho, le quitaba mucha carga de trabajo. Además decía que era una persona extremadamente inteligente y aplicada, encontraba soluciones que al propio Zack no se le pasaban por la cabeza. Eso me alegraba muchísimo, Zack incluso bromeaba con el hecho de que a este paso mi propio hermano me podría sustituir y que no haría falta que volviese a la empresa. Esas palabras habrían sido demoledoras si no hubiera llegado a ser por la sonrisa y carcajada que Zack añadía como coletilla. También me comentaba que mi hermano estaba incluso desarrollando nuevos proyectos en áreas que nosotros quizás no hubiéramos sabido aplicar. El fichaje de Emi estaba siendo todo un éxito laboralmente, y mi hermano y Zack se estaban haciendo grandes amigos.

En cuanto a las charlas que tenía con Emi, cada noche que se quedaba conmigo me agradecía todo muchísimo, estaba resplandeciente, feliz, no cabía en sí mismo. Yo me alegraba tanto de que le fuese todo tan bien que no podía ocultarlo. Emi me comentaba los nuevos proyectos que estaba desarrollando, algunos de seguridad que yo ya había oído comentarle a Zack, y también mejoras en determinados procesos de fabricación, etcétera. Siempre que hablaba con Emi del trabajo me daba la sensación de que se guardaba algo para sí mismo, como si no me quisiera contar todo, pero al cabo de un rato esa sensación se marchaba y seguíamos con la conversación.

Recuerdo muy bien una de esas noches a solas con Emi. Había estado hablando de Mara, su novia, y yo le había comentado acerca de Laura. Decía que dentro de poco, si todo seguía tan bien, le gustaría comprarse una casa con ella, un pisito o algo, cerca de nuestra familia y del trabajo. Mientras le oía hablar de ello yo pensaba en estar con Laura otra vez en mi casa, en el día que nos fuimos a vivir juntos y toda esa parte de mi historia. Emi estaba muy emocionado y yo estaba empezando a recordar las ganas de ponerme en pie aunque fuera un segundo para besar a mi novia.

Emi estaba sentado en una butaca al lado de mi cama y pegó un gran respingo cuando me vio incorporarme para sentarme en la cama, me preguntó qué estaba haciendo, que no debía intentar levantarme. Yo le dije que me encontraba bien, realmente creía estar bien, pero una cosa es creer estar bien y otra es estar bien. Emi se puso a mi lado y fue a sujetarme, le dije que no, que quería intentarlo solo. Estuvo insistiendo mucho rato en que no debía, que Jacky me había dicho que sólo tenía que tener un poco de paciencia. Yo estaba harto, quería intentarlo, quería saber si podía hacerlo ya. Además, al día siguiente por la mañana Laura vendría a saludarme y me gustaría poder, por lo menos, abrazarla en pie.

Emi estaba muy atento con el cuerpo, como si fuese a hacer un placaje a alguien. Yo apoyé el pie en el suelo y fui desplazando el peso con los brazos, intentado levantarme y mantener el equilibrio. Podía sentir perfectamente cómo se cargaba todo el peso de mi cuerpo en la pierna, era extraño, era cansado, pero sobre todo era muy desconcertante. Podía sentir todo el peso de mi cuerpo en la misma pierna, pero no tenía ni idea de cómo hacer para poder moverme. Llevaba mucho tiempo sin apenas hacer ejercicio, hasta hace unas pocas semanas, y ahora para poder moverme tenía que dar un pequeño salto con la misma pierna con la que aguantaba todo el peso. Mi cerebro, sin embargo, acostumbrado a caminar con ambas piernas, me invitaba a desplazar el cuerpo hacia delante para que la pierna derecha se apoyase en el suelo, pero ésta era la que no estaba. Ni mi propio cerebro se había acostumbrado a no tener pierna, no la sentía, pero mi mente me decía... mejor dicho, sabía, que tenía que apoyarla, cuándo apoyarla, incluso cómo mover el resto de mi cuerpo en función de dónde creía mi cerebro que estaba mi pierna.

Era, como digo, una sensación muy desconcertante. Para hacerse una ligera idea, que no plasma ni de lejos esa sensación pero que puede aclarar algo las cosas, sería como si te inyectasen una potente anestesia en la pierna, luego te la atasen de tal forma que tu talón tocara tu trasero e intentaras caminar, pero de alguna forma tú no vieses qué pierna tienes atada. Tú sabes que tu pierna no está, no la sientes, pero todo tu cuerpo te pide que sigas moviéndote y camines como lo has estado haciendo toda la vida. Es muy difícil hacer una descripción certera y justa de algo así.

Obviamente, cuando estaba de pie con Emi, que estaba preparado nada más intentar dar el primer «paso», el fracaso fue estrepitoso. Todo mi cuerpo se abalanzó hacia delante, y menos mal que él estaba atento, ya que mi cuerpo se fue desplomando y si no llega a ser por él me habría dado con la cabeza directamente en el suelo. Emi me ayudó y me levantó, me puso en la cama sentado.

Le miré, le pedí perdón y me acosté. Él miraba todo en silencio hasta que me dijo: «Sé que tenías que intentarlo, no te preocupes. Ya sabemos que por lo menos te puedes mantener en pie». Ver ese lado positivo de esta caída me hizo pensar que hasta hace poco no podía ni levantarme, ahora podía estar quieto en pie, aunque sólo fuesen veinte segundos, así que, ¿quién sabía cuánto tiempo tenía que pasar para poder caminar? Me alegró bastante ese pensamiento, a pesar de estar profundamente dolido en mi orgullo, pero ya se sabe, para correr primero hay que caminar, y para caminar primero hay que gatear. Le dije a mi hermano que estaba bien, que simplemente quería intentarlo. Sin embargo, con el rabillo del ojo pude ver cómo, sentado en su butaca, dejaba caer el peso de su cabeza, el peso de su mundo, sobre sus manos y sus brazos, apoyando sus codos en las rodillas. Se sentía en el ambiente que su cabeza no paraba de pensar en cosas, yo no tenía ni idea de qué cosas serían, pero estaba seguro de que eran cosas importantes. Me quedé dormido pensando y mirando cómo pensaba mi hermano.

A la mañana siguiente pude oír un ruido, Emi se estaba levantando y preparándose para marcharse al trabajo. «Sigue durmiendo», me dijo mientras se sentaba y se frotaba los ojos con las manos. A los pocos segundos entró una enfermera con mi desayuno y justo detrás entró Mara. Mara era encantadora, tenía esa típica expresión de buena gente, siempre sonriendo, y por lo que me había dicho Emi y yo había podido ver, era muy buena persona. Acababa de licenciarse, por lo que me había dicho Emi, había estudiado algo relacionado con neurociencia y tecnología. La verdad es que nunca recordaba exactamente lo que había hecho. Lo que estaba claro era que debía de ser una chica muy inteligente porque Emi siempre decía que había sacado muy buenas notas. Actualmente no tenía trabajo, realizaba investigaciones por su cuenta a la vez que estudiaba un máster que, por lo que tenía entendido, acabaría en poco tiempo.

Mara entró en la habitación, le dio un beso a Emi y me dio un fuerte abrazo. Muy atentamente me preguntaba constantemente si necesitaba algo, si podía ayudarme y demás, yo le decía de broma que se llevase a mi hermano, que apenas me dejaba dormir. Emi, soñoliento a la par que sonriente, me miraba y me decía: «¡Eres tú quien no me deja dormir con tus ronquidos!», se reía y me ponía el desayuno en la bandeja que quedaba al lado de la cama.

Mientras me terminaba el desayuno entraron Mabel con Marcus y con Laura, se habían encontrado en la entrada. Emi y Mara les saludaron y aprovecharon para irse, mi hermano a trabajar y su novia a las clases del máster. De todos nosotros

Mara era la que menos relación tenía con el resto de la familia, pero también eso era debido a que llevaba menos tiempo con Emi del que llevaba yo con Laura y, por supuesto, Mabel con Marcus. Pero eso no le impedía tratarlos con amabilidad, confianza y respeto, lo que viene siendo una relación completamente educada y adecuada.

Cuando se hubieron marchado Mabel dijo:

—Esta chica cada vez me cae mejor, es un encanto.

Marcus asintió con la cabeza y dijo con su grave tono de voz:

—Sí que lo es. —A la par que dejaba una revista de coches y otra de motos en mi regazo mientras me guiñaba un ojo.

Laura, que estaba detrás de Marcus, que no era precisamente pequeño, se impacientaba por acercarse a mí, y cuando éste se movió ella se acercó y me besó suavemente en los labios. Me susurró al oído: «Voy a coger un café en la cafetería y subo enseguida, cariño». Se fue caminando hacia la puerta mientras Mabel empezaba a preguntarme cómo estaba, contestaba y preguntaba también por ella, y a Marcus lo mismo. Pregunté por mis sobrinos, los hijos de Mabel y de Marcus, se llamaban Alfredo y Calia, eran increíbles, divertidos, alegres. Antes de todo esto siempre me pasaba un par de veces a la semana después del trabajo a jugar con ellos. Alfredo tenía siete años y Calia, cuatro. Eran muy deportistas, curiosos y exploradores, como la mayor parte de los niños. Ahora estaban en el colegio, Mabel y Marcus los habían dejado ahí y habían venido a saludarnos.

Mi hermana estuvo comentando con su marido cosas de su trabajo. Mabel trabajaba para una gran empresa, pero estaba también ayudando a Marcus con su negocio, que parecía que por fin estaba saliendo a la luz y teniendo éxito. Marcus era grande, fuerte, pero, sobre todo, buena persona, tenía un pelo muy peculiar y gracioso, y cada vez que se descuidaba un poco lo llevaba de punta e ingobernable, una barba que empezaba a tornarse canosa y grandes dosis de generosidad. Más de una vez Marcus y yo nos habíamos ido a dar paseos en moto y él siempre se ofrecía a dejarme la suya incluso cuando no podía salir a pasear conmigo. Los últimos meses lo había pasado mal, había estado trabajando mucho pero sin que su empresa apenas tuviese éxito, pero el último trimestre parecía que, por fin, una explosión económica debido a un gran acuerdo había hecho que reinvirtiesen en la propia empresa y empezase todo a funcionar.

Yo siempre le decía a Mabel que dejase el trabajo en la gran empresa en la que trabajaba para que se dedicase plenamente a la que habían sacado adelante, opinaba que actualmente era su mejor momento, y ésta sería la época idónea para aprovechar esa inversión en la empresa. Sería el momento óptimo para que le diese el gran empujón a su empresa. Mabel siempre decía que lo tenía que hacer, pero al final, desde un punto de vista lógico, decía que tenía que asegurarse mucho todo para poder hacerlo.

Yo insistía mucho en que Mabel se dedicase totalmente a la empresa por el simple hecho de que la veía trabajar muchísimo, y más de una vez ella me había llorado porque sentía que pasaba poco tiempo con sus hijos, porque quería hacer más cosas, porque tenía muchas inquietudes y porque quería comerse el mundo. Esto último debía de ser algo genético porque todos nosotros aspirábamos siempre a más y más, y todos esperábamos conseguirlo. Cuando estábamos en mitad de esa conversación Laura volvió a entrar con un té rojo en la mano, por lo visto muy caliente, porque se acercaba soplando y pegando respingos y grititos. Todos nos reímos al verla tan graciosa y tan alegre.

Pregunté por mi padre y mi madre, mi hermana decía que mi padre todavía tenía algunos dolores en el estómago y que mi madre le estaba cuidando con mucha atención. Mabel me decía que no me preocupase: «Papá es más duro que todos nosotros juntos, no te preocupes». Intentaba no hacerlo, pero sí que me preocupaba. Desde hacía un mes había oído demasiadas veces eso de que le molestaba el estómago.

A los pocos minutos, y después de conversar sobre más cosas de trabajo y otros temas, Mabel y Marcus se fueron. Ambos se habían tomado el día libre para poder hacer unos cuantos recados que se les habían atrasado y poder salir a comer tranquilamente. Cuando se marcharon Laura me dijo:

—Les has felicitado, ¿verdad? —Rápidamente recordé fechas de cumpleaños, santos, pero no, no recordaba ninguna fecha. Hasta que Laura dijo—: ¡Hoy es su aniversario! Yo les he felicitado cuando me los he encontrado en la entrada del hospital.

Como si fuese un gruñido dije en voz alta:

—Mierda, se me había olvidado por completo. Pásame el teléfono.

A la par que me lo acercaba ella me decía:

—¡Más vale que no se te olvide el nuestro!

Yo marcaba el número de mi hermana, miré a Laura y le dije:

—En la vida se me olvidará nuestra fecha.

Mientras le guiñaba un ojo oí cómo Mabel lo cogía, les felicité a ambos. En cuanto colgué el teléfono llamé a mi hermano para recordárselo, él a veces también se despistaba con esas cosas, y Mara, no es por nada, pero dudo que supiese esa fecha. Sorprendentemente Emi me dijo que se le había olvidado por completo, pero que al estar saliendo del hospital esa misma mañana Mara se lo había recordado y que pensaban llamarles antes de la comida. Emi y yo estábamos un poco decepcionados con nosotros mismos, acabábamos de estar con ellos y se nos había olvidado. También llamé a mis padres, lo cogió mi madre, lo que parecía una inyección de alegría insertada por el auricular. Le dije lo del aniversario, me dijo que ella ya les había felicitado, que incluso esa tarde ella se quedaría con los niños, y que más valía que no se nos olvidara felicitarles. Le dije que ya lo había hecho. Por último, hice la otra llamada de teléfono, tenía guardado en la agenda del móvil el número de una floristería de mucha confianza que regentaban unos amigos, les dije la dirección de casa de mi hermana, la hora a la que me gustaría que fuesen, una nota y cinco bonitos ramos de flores para los dos. A modo de favor personal también les dije a los de la floristería que por favor llevasen una caja de bombones de chocolate y que añadiesen otra nota: «Para que tengáis un "dulce" aniversario». Estuve a punto de hacer referencia al efecto afrodisíaco del chocolate, pero creo que ellos sabrían entenderlo.

Laura me preguntó con gracia si por fin había terminado, dije que sí y se echó a mis brazos, me empezó a dar besos como si hiciese una eternidad que no nos veíamos, con suavidad, con deseo. Ella estaba muy contenta, decía que me veía muy bien, y verla a ella me alegraba el corazón. Cruzamos besos apasionados durante un par de minutos, hablamos un poco y a los segundos encontré mi oportunidad. Ella se disculpó y fue un segundo al baño. Deseaba darle una sorpresa, quería que me viese de pie y poder besarla más, recordar lo que era abrazarla y tenerla entre mis brazos y que ella se sintiese bien protegida por los míos. Con mucho esfuerzo y maña conseguí ponerme en pie, los brazos me habían temblado al apoyarme sobre ellos, la pierna se asentaba fuertemente justo cuando ella salía del baño, me miró, abrió los ojos sobremanera.

Mi mirada atenuada por la posibilidad de reprimenda hacía que la mirase con mucho cariño. Con expresión gratificante ella se acercó rápidamente mientras que sus preciosos ojos empezaron a brillar, brillantes como diamantes, perfectos. Entonces, cuando estaba a la mínima distancia, empezó a regalarme esos besos de ternura en los labios, ese amor hecho expresión. Ese momento éramos nosotros como pareja. Mientras me pasaba las manos por los brazos y por el cuello me preguntaba en voz baja y al oído:

—¿Te duele?, ¿estás bien?, ¿te ayudo? —A tal velocidad que parecían preguntas retóricas que daban por supuestas unas respuestas contundentes y afirmativas.

Le contesté abrazándola y diciendo:

—Ahora estoy bien. —Mientras la envolvía en un abrazo que llevaba deseando durante semanas.

Capítulo 14

Por fin poder «caminar» otra vez

A partir de ese momento parecía que la recuperación avanzaba a pasos agigantados. Cada vez que iba a rehabilitación conseguía progresos. Edpun los iba viendo, se alegraba conmigo, él se estaba convirtiendo en más que un amigo, me daba muy buenos consejos, sabía qué palabras decir para calmarme y no angustiarme, lo llevaba haciendo desde el primer día que nos conocimos. Era la única persona ajena al hospital que estaba conmigo en las rehabilitaciones, así que era un nexo que me fortalecía mentalmente entre la recuperación y la vida. Yo, de vez en cuando, ayudaba a Edpun, le intentaba dar algún consejo, etcétera, pero él me decía que le costaba mucho la recuperación, no sólo por el esfuerzo muscular u óseo, sino también por algunos dolores internos que estaba empezando a acusar. Yo siempre le decía que se lo comentase a los doctores, pero me contestaba que éstos no podían abarcar más pacientes en esos momentos.

Jacky seguía haciendo rehabilitación con él, debido a su mayor edad se apreciaba cómo su recuperación iba siendo más lenta. Realmente me daba rabia y pena no poder hacer nada para intentar avivar su recuperación. Esos días transcurrían tranquilos y sin muchas noticias. A mí, mientras tanto, venían a verme como siempre mis padres y mi familia, los paseos con mi padre eran muy fructíferos. Charlábamos sobre la vida, mi punto de vista inicial de toda esta catástrofe personal, mi situación ahora, qué iba a hacer cuando saliese del hospital, cómo trabajaría, etcétera. Yo iba en la silla de ruedas mientras mi padre me llevaba, y hablaba con él, sentía sus esfuerzos para que no estuviera tan desanimado.

En las diversas sesiones Jacky empezó a hacerme mover mucho más, quería que empezase a utilizar las muletas en vez de la silla de ruedas cada vez que tenía que desplazarme, así que me obligaba a dar paseos de unos quince minutos utilizándolas, siempre con ella al lado. Me decía que ya me quedaba poco para poder salir del hospital, que tenía que estar con las muletas bajo su supervisión un tiempo y luego podría ir a casa, pero también tendría que venir una vez cada dos días a terminar el proceso de rehabilitación.

Mi recuperación estaba casi terminada, todo esto había sido un suplicio que estoy seguro de que me habría costado mucho más tiempo superar sin Edpun, Jacky o mi familia y amigos. Por fin podía salir a dar paseos con las muletas aunque sólo fuera por el hospital con mis padres, Laura, Emi, Mabel, Zack, e incluso con Rotom, al que Zack trajo en su coche un día. Hacía tiempo que no le veía, me pidió disculpas por haber tardado tanto en venir a verme pero estaba saturado de trabajo. Le agradecí infinitamente su visita. Era de agradecer que la gente pensase en uno cuando le pasan estas cosas.

Los últimos días en el hospital pasaron volando, sin embargo, había algo que me preocupaba muchísimo: los últimos días Edpun apenas había ido a las rehabilitaciones. Jacky me dijo que era porque se encontraba mal, pero no me daba más explicaciones, así que al pasar un par de días sin verle decidí ir a su habitación.

Al llegar me abrió muy alegremente la puerta su mujer, Rebeca, mientras que él, apenas sin poder moverse, me dijo: «Hombre, aquí está mi nuevo mejor amigo», mientras sonreía con sinceridad.

Edpun me decía que estaba bien, que sólo sería algo estomacal, pero que como era mayor le estaba haciendo más daño del que pensaba. Hablamos durante aproximadamente una hora de temas varios hasta que di con algo que me abrió los ojos y de lo que me arrepentía de no haber hecho antes. En la conversación, no sé cómo, hicieron referencia a unos cuidados insuficientes por parte de los médicos debido a que su tratamiento no estaba totalmente cubierto por su «tarifa» privada. Tomé nota mental para comentarlo con su mujer al marcharme. Seguimos hablando de cómo había mejorado en mi recuperación. Edpun me trataba como a un hijo, y ese tema también salió a la luz. No quería escavar mucho en un tema que sabía que podía ser delicado. En todo este tiempo nunca vi a un chico o a una chica joven acercándose a saludarles cariñosamente ni escuché referencia alguna a un posible descendiente. Hasta ese momento.

Por lo visto, Edpun y su mujer tuvieron un hijo, pero cuando tenía sólo diez años le atropelló un coche. El conductor estaba muy arrepentido y siempre dijo que algo había en el asfalto que hizo que su coche se descontrolase, invadiese la acera y lo atropellase, pero Edpun y Rebeca no concebían eso como algo que aliviase su dolor. Según me lo contaban su mujer empezó a llorar desconsolada. Yo no hacía más que decirles que lo sentía mucho, que no sabía nada, que no tenía ni idea, me sentía fatal. Edpun, al terminar la historia dijo: «Nuestro hijo ahora tendría tu edad». Con la cabeza agachada y la barbilla rozando su pecho mientras estaba reclinado en la cama comenzó a inspirar fuerte, como si algo muy frustrante acabase con sus fuerzas. Al cabo de unos pocos segundos dijo que le gustaría estar solo un momento, yo le volví a pedir disculpas mientras Rebeca me acompañaba fuera.

Rebeca era un encanto, muy cariñosa también, aunque parecía algo más reservada que Edpun. Me dijo que le disculpase, pero que ahora no le venía bien tener sobresaltos. Antes de marcharse le dije a Rebeca:

—Disculpa, Rebeca, ¿cuál es el nombre completo de Edpun? Con apellidos y todo, por favor, quiero hacerle un detalle y me gustaría poder mandárselo. Dentro de poco abandonaré mi habitación del hospital.

Ella me dio toda la información y me la apuntó en un papel, me miró sonriente, me dio un beso en la mejilla y me dijo:

—Edpun tiene razón. —Sin saber a qué se refería ella me posó la mano en el brazo, se giró lentamente y entró en la habitación. Yo estuve quieto, pensando durante unos instantes, y me marché lentamente, con una muleta en cada brazo.

Cuando llegué a mi habitación Laura estaba esperándome, le dije que si me acompañaría a hacer una cosa, un detalle para un amigo. Al final fuimos los dos a hablar con el personal del hospital, me presenté en recepción y dije:

—Buenos días. Quiero pagar todo los servicios privados que requieran la atención de Edpun Merrit y su mujer, Rebeca... —En ese momento blasfemé algo por lo bajo, audible sólo por mí. No le había preguntado el nombre completo a ella y acabé concretando—: ... su mujer. Quiero que tengan todo lo que puedan necesitar de ahora en adelante, tanto él como ella, y de por vida. Quiero que les proporcionen los mejores servicios médicos, ¿de acuerdo?

La persona que atendía estaba un poco sorprendida, pero rápidamente empezó a anotar toda la información de los nombres, la habitación actual de Edpun, mis datos personales, mi cuenta de banco desde la cual pagaría todo, etcétera. Laura me miraba y se acercaba a mí haciéndome arrumacos mientras me susurraba al oído:

—Es un detalle precioso.

Yo contestaba:

—Sólo me arrepiento de no haberlo hecho antes.

Me preocupaba mucho Edpun, ya le conocía suficiente para saber cómo era, y cuando le vi en su habitación estaba muy abatido y desmotivado con todo. Me preocupaba que debido a su avanzada edad le pudiese pasar algo irreversible.

Laura y yo tuvimos que hablar con algunos responsables del hospital y gerentes de medicina privada. Todo quedó arreglado esa misma tarde. Después estuvimos paseando un poco por las afueras del hospital hasta que me cansé de caminar. Sí, después de tanto tiempo deseándolo, ahora no podía hacerlo más por puro agotamiento. Ya llevaba una semana caminando sin parar y ahora estaba cansado. Así que Laura y yo nos dirigimos a la habitación, cogí el teléfono y llamé a la recepción del hospital. Pregunté si tenían alguna tienda o cafetería con algunos dulces y pedí que me trajesen una caja de una famosa marca de dulces y bombones. Mientras tanto redacté una nota en la que ponía que por favor aceptasen esto de un amigo para una gran persona y añadí una lista de todos los servicios que proporcionaba el hospital y que me habían entregado los gerentes, servicios que podrían utilizar tanto Edpun como Rebeca de ahora en adelante.

Al rato, cuando el chico joven que me traía la caja de dulces vino a la habitación, le pedí por favor si podría llevarla, junto con la nota que yo había escrito y la lista de servicios del hospital, a la habitación de Edpun. El chico, muy simpático, dijo que por supuesto, y le dimos una propina. Al entregársela lo agradeció tanto que dijo que cuando hubiera hecho el recado volvería a pasar por nuestra habitación para confirmar la entrega. Efectivamente, volvió y muy amablemente nos dijo si necesitábamos algo más o queríamos algo. Sorprendidos por su amabilidad dijimos que no, que estaba todo bien y que muchísimas gracias.

Esa misma tarde Jacky llegó a la habitación junto con mis padres, ya había terminado la rehabilitación que debía hacer en el hospital como paciente. Ahora podría tener más libertad, pero también tenía que pasar por allí para hacer las sesiones pertinentes de recuperación que quedaban.

Jacky me dijo que me vería pronto. Y tan pronto, solamente tendría dos días de descanso hasta la próxima cita. Mi madre subió al coche, con mi padre en el asiento del copiloto. Yo, junto con Laura, me senté en la parte trasera. Mi madre decía que podíamos quedarnos en su casa durante unos días por si necesitábamos algo, pero Laura dijo que se había tomado un par de semanas de vacaciones para poder cuidarme y darme toda la atención. Incrédulo, la miré y dije: «Pero ¿por qué lo has hecho…? Tus vacaciones». Ella dijo que quería estar conmigo ahora, que ya tendría más tiempo en el futuro para nuestras vacaciones. Mi madre asintió con la cabeza y comentó que de todas formas podríamos ir cuando quisiéramos y que tendríamos una habitación preparada, por si acaso. Mi padre, que estaba justo delante de mí, apenas dijo nada, podía ver que a veces torcía el gesto, pero no por nada que dijésemos, sino por algún tipo de dolor. Cada vez que le preguntaba si estaba bien, él respondía que sí y ocultaba esos semblantes.

Miraba el paisaje mientras me llevaban a casa, parecía mentira todo lo que había pasado en este tiempo, y sin embargo, el mundo había seguido girando como si yo fuese una hormiga y no hubiese piedad. Todo seguía adelante.

Todo esto hacía que reflexionase muy seriamente sobre mi implicación en el mundo, en qué era lo que hacía aquí, para qué estaba aquí. No quitaba los ojos del paisaje, pensando para mis adentros: «Todo lo que yo he pasado y toda esta gente... ajena..., todo sin ningún tipo de vínculo aparente. Todo esto que a mí me ha afectado tanto, y a mi familia, todo esto que tanto ha cambiado el curso de mi vida. Como si de repente alguien cavase un agujero en el fondo de un río y la corriente empezase a erosionarlo todo y definiese el nuevo curso que el río iba a seguir». Lo curioso es que al haberse visto afectados tanto el curso del río como el transcurso de mi vida, nunca sabremos si el hecho de que esto haya pasado habría cambiado completamente mi vida o no. Si yo hubiese pensado siempre como estoy pensando ahora. Estaba claro que ese hecho en mi vida, aparte de dejarme con un miembro amputado, me habría aportado una experiencia que me ha hecho cambiar para siempre. Me ha implantado una nueva forma de afrontar las cosas, me ha enseñado nuevos puntos de vista sobre la vida, me ha dicho al oído: «Sé fuerte y aguántalo todo», y lo más curioso es que el cuerpo y la mente lo aguantan. Tú sigues viviendo tu vida, tus hechos, tus recuerdos, tus valores, todo tu pensamiento está implícito en cada una de esas cosas, pero a su vez cada uno de tus pensamientos define cada una de las decisiones que estás dispuesto a tomar o no, o define cómo afrontas un hecho, o cómo quieres seguir con tu vida.

Este bombardeo de ideas se interrumpió por la dulce voz de Laura, que me preguntaba en qué pensaba. No quería soltar todas estas reflexiones de golpe. Así que me lo guardé para mí y le dije que pensaba un poco en todo lo que había pasado. Ella contestaba: «Muchas cosas, pero ahora estamos aquí».

Cuando llegamos a mi casa todo estaba igual que antes, todo en orden. Me apetecía estirar las pier... me apetecía salir a pasear un rato. Los médicos me lo recomendaban y se lo propuse a mi padre. Así que mientras mi madre y Laura terminaban de colocar las cosas y tomaban un café yo me fui a caminar con mi padre, y de paso a «abrir los ojos».

Capítulo 15

Largas reflexiones

Nos dispusimos a caminar por los alrededores, cogí las llaves de casa y mi padre se puso a guiar el paseo, muy tranquilo y sosegado. Dando pasos lentos pero constantes, tenía la mirada perdida hacia el infinito. Mientras yo caminaba apoyándome en las muletas veía que él recorría cada cosa con los ojos, analizándolo todo, como cuando un médico comprueba el estado general de su paciente. Yo le observaba atento hasta que justo cuando fui a pronunciar palabra él se adelantó.

—Es increíble ver cómo pasa todo. —Mi silencio parecía lo más adecuado ante una frase que no llegaba a comprender del todo ahora mismo—. Todo cambia.

Me miró al terminar. Sorprendido por esas palabras le dije:

—Papá, ¿estás bien?

Paramos un segundo. Yo me mantenía en equilibrio como podía.

—Perfectamente. —Su mirada dejó de posarse en el infinito para mirarme, había recuperado sus ojos, parecía haber estado absorto en algo hasta ahora.

Seguimos caminando despacio, yo estaba algo desconcertado, esas palabras sólo eran el preludio de una serie de reflexiones que vendrían a llamar a mi cabeza a lo largo de los paseos que fuimos dando.

Recapitulaba cada palabra que mi padre había dicho, y me hizo pensar. Todo cambia.

¿El hecho de que haya pasado esto hace que todo cambie o es mi percepción? Obviamente, soy yo el que ha visto cómo todo se ha visto afectado a raíz del accidente, pero las personas de mi entorno también se han visto afectadas. Han tenido que dedicar su tiempo a verme, a cuidarme, etcétera. Recuerdo haber pedido perdón a los pocos días de llegar al hospital, nada más recuperar la consciencia, perdón por el accidente, aunque no fuese mi culpa, perdón por hacerles sufrir esto que nos ha tocado vivir. Ellos parecían no entender mis disculpas, pero era tan sencillo... Yo no estaba pensando en mí en ese momento, estaba pensando en ellos, completamente. Estaba poniéndome en su situación, pero también intento ponerme en su punto de vista al oírme decir «Lo siento», y tuvo que ser duro para ellos ver a un ser querido destrozado y encima pidiendo perdón por hacerles dedicar su tiempo.

Cada pensamiento que venía a mi mente lo hacía más rápido que el pensamiento anterior. A la vez que pensaba en eso, otro pensamiento en segundo plano iba tomando protagonismo y se iban acumulando en una especie de memoria rápida y de fácil acceso. ¿Qué habría pasado si no hubiese tenido el accidente? ¿Dónde estaría ahora? Estaba claro que era imposible obtener una respuesta certera a eso. A la vez que ese pensamiento tomaba más y más importancia y requería más y más tiempo en mi cabeza, me di cuenta, sin quererlo, de que había abandonado completamente el pensamiento inicial.

De escuchar decir a mi padre «Todo cambia» se abría el camino a pensar en cómo ha cambiado mi vida y la de los que me rodean a raíz del accidente. De cómo pedí perdón, de cómo se sentía mi familia al oírme pedir perdón, de cómo he llegado a donde estoy ahora. ¿Qué habría pasado si...?

Sin darme cuenta mi padre, que caminaba a mi lado, miró mi pierna y dijo:

—Siento tanto que te haya pasado esto, hijo.

Su mirada delataba la rabia e impotencia de no poder hacer algo para cambiarlo, de desear con todas sus fuerzas cambiar esto y de sentirse frustrado por no poder hacerlo. Le puse una mano al hombro:

—Bueno, estoy bien, no le des más vueltas.

Él me miraba.

—Te dije que saldrías de ésta. Eres un hombre fuerte.

Era la primera vez en mi vida que mi padre me llamaba eso, «hombre». Para mí era un punto de inflexión, yo sabía que él pensaba que ya era un hombre, un adulto, pero nunca lo había dicho, y oírselo decir hizo que abandonase el último resquicio de inmadurez. Era como si mi padre me dijese: «Ahora estás solo», no en el mal sentido, sino como diciendo que ya me podía encargar yo de todo, como si él hubiese visto que ya era capaz de cuidar de mí y de los míos. Como decía, yo sabía que él ya lo pensaba, pero no lo había dicho nunca. Me hizo sentir orgulloso, y sé que él lo dijo con esa intención, ya que me miró a los ojos y dijo: «Mi hijo». Lo pronunció con orgullo, alzando la cabeza. Se puso a caminar lentamente de nuevo, yo mientras le acompañaba e intentaba seguir su paso.

Estuvimos caminando juntos, en silencio, durante un largo rato, no era incómodo, lo contrario, ambos estábamos a gusto en esa situación. Un agradable paseo con una buena compañía, no hacía falta nada más. Con cada paso reflexionaba más y más sobre las preguntas que instantes antes danzaban por mi cabeza hasta que, sin darme cuenta, en un suspiro dejé caer esta pregunta de forma totalmente inconsciente:

—¿Qué estaría haciendo yo ahora si no hubiese tenido el accidente?

Lejos de deprimirme, cuando pensaba eso simplemente hacía recreaciones con miles de posibles supuestos sobre lo que quería hacer, lo que necesitaba, etcétera. Pero ahora, la verdad, era como si hubiese aprendido a valorar más aún las cosas que ya tenía. Mucha gente da por supuestas las cosas que le rodean, estamos acostumbrados a ello. Da igual de dónde seas, da igual lo que tengas, la normalidad de las cosas es tan simple como ver cada día lo que estás acostumbrado a ver.

Para una persona que lo tiene todo, todo puede llegar a serle aburrido, ya que ya lo tiene. Sin embargo, para alguien que tiene poco su normalidad le hace ver, desde que es pequeño, que ese poco que tiene es lo normal. Luego entran en juego las percepciones sobre lo que los demás tienen, lo que uno quiere o puede comprar, etcétera. Pero en esencia cada uno se va acostumbrado a lo que va viendo cada día como algo normal y lo convierte en su realidad.

Supongo que si no hubiese tenido el accidente habría seguido haciendo lo que hacía, pero no habría aprendido cosas de mí que antes desconocía. Quizás no habría caído de nuevo en que Emi sería un fichaje estupendo para nuestra empresa, seguramente no habría conocido a Edpun. Esto era muy improbable, ya que el nexo de unión entre él y yo era el hospital, y si no hubiese tenido el accidente no habría ido al hospital, o por lo menos eso creo. Lo mismo habría ocurrido con Jacky, incluso estos paseos no habrían existido. Ni las conversaciones que entablaba con mi padre, con Emi, Mabel, mi madre, Laura, etcétera. Es decir, que lo que ha pasado es lo que te construye y en lo que te conviertes, y lo que haces, o lo que te pasa, hace que dejes de hacer o que te dejen de pasar otras muchas cosas. Es un concepto muy sencillo, es el coste de oportunidad. Cuando escoges algo no sólo estás escogiendo eso, sino que estás dejando de escoger otras muchas cosas.

Y eso hablando de algo totalmente involuntario como fue mi propio accidente, pero otras muchas veces escogemos un camino, tomamos una decisión y no analizamos las posibles futuras consecuencias, o no las vemos. Cuando escogemos entre dos decisiones, oportunidades o caminos, realmente dejamos de coger todo lo demás. No sólo es el hecho de hacer una cosa, es dejar de hacer todas las demás. Cuando lo piensas detenidamente puedes imaginar todas las demás oportunidades o decisiones que has dejado ahí como algo que has decido no hacer. Pero, aun así, cada vez que te pones a pensar de esa manera siempre llegas hasta un punto en concreto en el que no eres capaz de saber hasta qué punto la consecuencia de una de tus decisiones afectará en tu futuro. Ya que tú puedes escoger el camino A y luego pensar: «¿Qué habría pasado si hubiese escogido B? ¿Habría pasado esto o lo otro?». Pero lo cierto es que si hubieses elegido B todo tu marco de acción cambiaría, es distinto, y todas las posibilidades de B son diferentes, por eso cuando alguien escoge una acción es prácticamente imposible saber qué habría pasado si se hubiese decantado por otra. Influye el hecho de que no sabes realmente todas las demás opciones y sus consecuencias. Nosotros podemos ver muy claramente las consecuencias de nuestros actos en el entorno que conocemos y en el que vivimos y sobre las decisiones que sabemos con certeza que hemos tomado, pero de ninguna de las maneras somos capaces de saber las consecuencias de las decisiones que no hemos tomado.

A priori una opción puede ser buena, pero ¿hasta qué punto llegan las consecuencias de esa decisión? ¿Y si tomar una mala decisión pudiese provocar un mejor final? Eso nunca se sabrá, por eso, por mucho que cueste y muy duro que sea, no hay que desesperar, no hay que darse por vencido, porque nunca sabes cómo te va a tratar o dónde te va a colocar la vida, no sabes cómo te pondrá a prueba.

Mi padre, de repente, contestó que no sabía qué habría pasado, probablemente no estaríamos ahora entablando esta conversación, ni teniendo este paseo tal como lo estábamos dando ahora. Yo le explicaba mi punto de vista, exactamente como lo había estado pensando. Le comentaba que no somos capaces de ver las consecuencias de los actos que no cometemos o que no nos han sucedido. Podemos hacer suposiciones, pero nunca tendremos la certeza de lo que pasaría. Mi padre escuchaba atento, intentaba de todas las maneras posibles que yo no pensase en cómo nos afectaba a cada uno de nosotros mi accidente. Con cada paso se entrelazaban pensamientos, se iban transformando en otros nuevos, hasta que algunos incluso se perdían en una disolutiva divagación.

Nos cruzamos con una persona que corría por la calle y mi padre me dijo:

—¿Acaso tú crees que esa persona que corre por ahí está pensando en cómo crees que afectará en tu vida verlo a él corriendo? —Intentaba entender la pregunta, pero era complicado cogerla a la primera al oírla tan rápidamente. Mi padre soltó una pequeña carcajada—. Sólo digo que no todas las personas piensan en cómo te afectará su actuación. Es probable que esa persona que corre ni nos haya visto. Él ha salido a correr, él nos puede ver, pero nosotros no afectamos para nada a su mundo. Cada uno sólo conoce lo que le rodea, le afectará lo que conoce, no le afectará lo que no conoce.

Le interrumpí diciendo:

—Sí, pero yo sí puedo hacer que le afecte.

Mi padre asentía con la cabeza y dijo:

—Claro, pero recuerda: tu libertad acaba donde empieza la del otro.

Yo añadí:

—Y la libertad del otro acaba donde empieza la mía.

Mi padre reía a carcajadas.

—Claro, hijo.

Le decía que le entendía muy bien lo que quería decir, estaba totalmente de acuerdo, no sabíamos cómo había llegado la conversación a esto, pero daba igual, era agradable. Mi padre dijo:

—¿Tú crees que ese chico que corre estaría corriendo ahí si le hubiese pasado lo que te pasó a ti el mismo día? No, ese chico no se ha visto afectado. Es como cuando alguien fallece. Si es alguien cercano a ti, lo sientes con toda tu alma. Si es alguien un poco más lejano, te da pena pero lo puedes superar rápidamente y seguir hacia delante. Y si es alguien completamente ajeno a ti, simplemente ni te enteras. Imagínate qué sufrimiento sería si sintieses cada muerte de alguien, sería tremendo, el mundo no avanzaría. No es que no nos preocupe que otras personas se mueran, es que no alcanzamos a verlo. Claro está que existen casos y «casos», yo no entro a hablar de ese tema. Me refiero a que, igual que a ti te ha pasado esto y nosotros estamos contigo, a muchas otras personas les ha pasado lo mismo y, sin embargo, eso no nos ha afectado. Es nuestra naturaleza y así es el mundo.

Mi padre bajó la cabeza un momento, como si de repente se sintiese mal por lo que había dicho.

—Desde un prisma lógico, es así, pero emocionalmente me mata no poder haber hecho nada más por ti, o hacerlo ahora...

Me acerqué a mi padre. Hasta este momento le estaba escuchando pensar pero ahora le estaba sintiendo pensar.

—Papá, no pasa nada, esto es así. Nadie tiene la culpa. Yo cuando lo pienso también me pongo triste, pero es lo que hay. Ha tenido que pasar así. Además, de todo esto he aprendido cosas de mí, he podido conocer más mis límites y también he podido superarlos. —Le miré con gesto relajado y concluí—: Además, me encanta salir a pasear contigo y charlar.

Mi padre dijo lo mismo y se animó. Seguimos paseando un poco más hasta volver a casa.

Después de dar ese paseo y volver a casa, mis padres preguntaban a Laura que si necesitaba algo más. Ella lo tenía todo controlado, podría ayudarme en todo lo que necesitase. Al final mis padres se fueron justo después de cenar algo. Fue una cena muy tranquila en la cocina de mi casa.

Al momento de irse mis padres, mis hermanos llamaron por teléfono para ver qué tal estaba, e incluso mis sobrinos hablaron conmigo unos minutos. Después de tanto tiempo, por fin, estaba en casa. Nos pusimos a ver la televisión, Laura apoyaba la cabeza en mi hombro, como siempre lo hacía cuando nos tumbábamos a ver la tele. Era muy relajante ver que seguía siendo mi vida, que había muchas cosas que habían cambiado y muchas cosas que no podría hacer, pero era muy gratificante sentir que hay otras muchas cosas que pueden ser iguales. Laura me miraba de vez en cuando con una amplia sonrisa, espectacular, brillante, feliz. Hacía que la quisiera besar y besar, y no alejarme nunca de ella. Toda esa magia de vez en cuando se rompía cuando intentaba recolocarme en el sofá y apenas podía hacer fuerza y mantener el equilibrio. Laura se incorporaba rápidamente y decía que lo hiciese despacio, no fuera a hacerme daño.

Pasamos unos cincuenta minutos viendo la televisión delante del sofá hasta que sentí que Laura se había quedado dormida. No quería despertarla, así que apagué la tele y me quedé meditabundo pensando en lo que había hablado con mi padre, en todo lo que había pasado, valorando todo lo que tenía, lo que había dejado de tener, y sobre todo, pensando en que, a pesar de todo, era muy afortunado. Al cabo de unos minutos, al igual que Laura, me quedé sumido en un profundo sueño.

Capítulo 16

Arriba y abajo

Amanecía en el salón de mi casa, la luz tenue asomaba y saludaba a cada uno de los muebles. Los rayos de luz se filtraban entre los huecos que dejan los paneles de la persiana. Un haz paralelo de luz cruzaba el salón, como si alguien pusiera un enorme plano en mi casa. La luz estaba lo más baja posible, iba moviéndose como un caracol, despacito, siguiendo su camino, iba dejando iluminado todo lo que tocaba. Yo tenía los ojos abiertos, Laura no se había movido nada, su oreja seguía plasmada en mi pecho, su cerebro había estado escuchando mi corazón toda la noche y yo estaba seguro de que ella había oído su nombre en él.

La miraba, y sin la necesidad del sol se iluminaban mis ojos. De repente, la luz empezó a recorrer su cuerpo de forma natural. Yo iba siguiendo con la mirada cada centímetro que avanzaba la luz por su cuerpo, era un espectáculo bonito y sensual. Desde la punta de sus preciosos pies, subiendo por sus estilizadas piernas, una apoyada encima de la otra, recorriendo sus muslos y su cadera, iluminando sus dedos de las manos, destacando sus brazos, sus hombros, creando sombras con sus curvas. Yo miraba atento y con curiosidad el momento en el que la luz le diese en los ojos, como si estuviese esperando ver cómo reaccionaba ante ese estímulo.

La luz llegó a mi pecho y a su preciosa cara, me fijaba más y más en su perfecta anatomía, esos labios carnosos y esa pequeña nariz, la forma de su mandíbula..., y por fin la luz llegó a sus ojos. Ella empezó a hacer pequeños movimientos con los párpados para evitar esos rayos, pero ya era demasiado tarde, la luz estaba despertándola. Poco a poco, desde los ojos hasta los pies, su cuerpo empezó a despertar. Primero gesticulaba, luego movía las manos y se las ponía delante de la cara para tapar la luz, y luego movía los pies a modo de queja.

En uno de esos momentos, sus párpados se empezaron a abrir y sus pestañas se empezaron a mover de arriba abajo para saludarme. Le dije: «Buenos días, preciosa. Hoy he visto cómo se despertaban dos soles». Me miraba y me sonreía mientras que sus ojos volvían a intentar cerrarse y su cerebro suplicaba volver a dormir. Yo no hacía más que agradecer estar aquí con ella. Se iba desentumeciendo poco a poco, parecía que tenía dolor de cuello, lógico después de pasar la noche en esa posición, pero eso no disminuía su alegría.

Por fin se despertó, me preparó algo para desayunar y me preguntó qué me apetecía hacer hoy. La verdad es que no quería hacer nada, quería estar sentado y descansar. No estaba mal descansar un rato, pero no quería acostumbrarme a estar todo el día quieto. Así que después de desayunar y ver las noticias de la mañana nos fuimos a dar un paseo. Fue agradable, cada vez iba controlando mejor las muletas y podía «caminar» con más soltura. Laura y yo íbamos hablando un poco de todo, me contaba historias de cómo le había ido el trabajo, yo le hablaba de cosas que me había dicho Edpun, hacíamos planes y algunas cosas más. Llegamos a casa después de un paseo de una hora aproximadamente, pero yo no quería sentarme, sólo me sentaría y descansaría cuando estuviera cansado. No quería empezar a sentarme para ver la televisión o no hacer nada por pereza, porque sabía que cuanto más tiempo me pasase sin hacer nada menos ganas tendría de hacer algo.

La pereza, es curioso, es como una barrera invisible que tienes que superar, pero cuando lo haces te sientes fuerte y orgulloso. Al principio, si lo piensas, no quieres hacer nada, «¿Para qué?, se está bien donde estoy ahora». Pero cuando superas esa barrera te sientes con ganas de hacer más y más, sin embargo, si dejas que la pereza te gane esa partida lo más probable es que te quedes quieto, no hagas nada, y al final echarás la vista atrás un día y verás que ya han pasado demasiados días, que tu tiempo está inmerso en un profundo océano y que sacarlo de ahí es imposible. Por eso, lo mejor que uno puede hacer, aunque le cueste, es hacer las cosas que hay que hacer y descansar cuando hay que descansar, pero no dejar pasar el tiempo, no dejar que esas gotas de tiempo que nos han regalado vayan cayendo poco a poco e inexorablemente.

Estábamos en casa después de dar el paseo y sonó mi teléfono, era pronto, pero no era una hora inadecuada para llamar. Lo cogí, era Emi, parecía muy ilusionado y quería hablar conmigo en persona. Le dije que perfecto y le pregunté cuándo quería que nos viésemos. «Cuanto antes», dijo. Quedamos en vernos esa misma tarde o mañana por la mañana. Le comenté a Laura la conversación y me dijo que muy bien, que le iríamos a ver.

Tenía toda la mañana libre y sabía que Laura tendría que hacer unos recados, así que le propuse que me dejara en el hospital durante un par de horas y yo me quedaría saludando a Jacky y a Edpun. Lo último que sabía de él era que estaba enfermo, fastidiado, y que no se encontraba muy bien. Estaba preocupado y creo que lo mínimo sería visitarle por lo menos una vez a la semana. Tendría que ir al hospital un par de días después para seguir con la recuperación, pero prefería salir de casa ahora y saludar a mi amigo. Laura me dijo que no había problema, ella me dejaría ahí, y cuando terminase con sus recados me recogería.

Cuando llegué al hospital me asomé por la sala de rehabilitación y me encontré con Jacky, estaba alegre como siempre, con mucho trabajo, apenas hubo tiempo de compartir palabras. Me dejó bastante preocupado, me dijo que Edpun no aparecía por las rehabilitaciones desde la última vez que coincidimos ambos, y de eso ya hacía unos días. En el caso de Edpun era más destacada su ausencia, ya que él sólo tenía permitido faltar en casos muy graves. Me dirigí a la habitación de Edpun, había varias personas apoyadas en las paredes que escoltaban la entrada, eso me hacía preocuparme aún más. Pregunté a un par de personas si se podría pasar, asintieron con la cabeza, llamé a la puerta y pasé.

Edpun estaba en la cama tumbado, con la mirada muy caída, estaba más delgado, estaba más pálido, pero sobre todo estaba mucho más viejo. Su aspecto había pasado de parecer una persona mayor pero vital a una persona muy mayor y cansada. Cuando Rebeca, su mujer, me vio, me dio un abrazo muy fuerte y me empezó a dar besos por las mejillas. Edpun sacó fuerzas, me miró con una leve sonrisa y me dijo:

—Muchas gracias, eres un cielo.

Mientras él decía eso, Rebeca me miraba y asentía a la vez que parecía que sus ojos iban a ponerse a llorar. Ella pasó a mi lado y me dijo:

—Quiere hablar contigo. —Dimos un par de pasos hacia la puerta—. Me lleva diciendo varios días que eres una de las mejores personas que ha conocido. Muchas gracias por lo que has hecho por nosotros... Os dejo unos minutos para que habléis. —Y salió de la habitación.

Edpun y yo nos quedamos solos. El uno delante del otro, yo le miraba y él me miraba.

—Acércate —me dijo entre susurros. Me puse a su lado—. ¿Cómo estás? ¿Qué tal la recuperación? Te veo bien... —dijo.

Yo le contemplaba y le dije que estaba bien, pero algo preocupado por él. Le preguntaba cómo estaba, él decía que bien, hasta que al final se «rompió mentalmente» y me sorprendió al decir:

—Creo que de ésta no salgo, me encuentro mal... Nunca había estado así.

Me daba miedo que hablase demasiado, y sobre todo que hablase de esas cosas. Yo le decía:

—No digas eso, te pondrás bien. ¿Te falta algo? ¿Te tratan bien?

Él me hizo callar con un ruido y moviendo la mano.

—Está todo perfecto, soy yo... Eres una persona increíble, muchísimas gracias por lo que has hecho por nosotros, nadie había hecho algo tan grande por mí o por mi mujer.

Le miraba mientras mis ojos se humedecían por las lágrimas y le decía:

—Sólo siento no haberme dado cuenta antes y haberlo sabido para ayudarte antes. Lo siento.

Su respiración se estaba acelerando y me dijo con un pequeño hilo de voz:

—No tenías por qué hacerlo tan siquiera. Aparte de que no lo sabías. No es culpa tuya. Tú no tienes por qué sentirlo, no quiero que pienses eso.

Respiraba con rapidez y yo le animaba a que se calmase un poco. Él hacía gestos, como diciendo que le dejase decir lo que quería decir, hasta que dijo entre un gemido y un resoplo:

—Te estaré eternamente agradecido. —Estaba muy emocionado.

De repente, Rebeca volvió a entrar en la habitación. Las máquinas de asistencia sanitaria habían hecho algún ruido y su mujer había entrado asustada. Edpun hizo un gesto a su mujer para que se calmase y funcionó, ella se calmó y se quedó en la puerta. Ya habían pasado unos minutos y no convenía que Edpun hiciera esfuerzos, ni siquiera hablar un poco. Estaba preparándome para marcharme y fui a despedirme de Edpun. Él tenía unas lágrimas pesadas por una larga vida, pero a pesar de eso me tendió la mano en señal de eterna amistad, yo la acepté y la estreché. Al final sacó fuerzas de lo más profundo de sí mismo y tiró con el brazo hacia él, haciendo que me acercase a la par que me envolvía en un enorme y cariñoso abrazo.

Recuerdo ese momento muy bien, aún puedo sentir sus lágrimas en mi cuello, incluso le sentí coger aire con dificultad para decirme al oído:

—Chico, tienes que vivir tu vida cada día, no la dejes pasar.

Ese comentario agónico de alguien que ve cómo todo se desvanecerá en breve me hizo cambiar mi punto de vista de todo. A pesar de estar discapacitado, a pesar de todo. Yo, asombrado por el momento, le susurré al oído:

—Te agradeceré siempre nuestras charlas y tu amistad, amigo mío. Muchas gracias.

Salí de la habitación con los ojos lagrimosos, sintiendo una enorme pena y sabiendo que ésa sería la última vez que vería a Edpun. Él lo sabía, estaba muy enfermo, quizás pudiera aguantar algo más, pero sería difícil. Era muy triste ver los últimos momentos de un amigo de verdad.

Sin saber por qué, con las lágrimas todavía recorriendo mis ojos, recordé las palabras que había hablado con mi padre unas horas antes: «... es como cuando alguien fallece. Si es alguien cercano a ti, lo sientes con toda tu alma. Si es alguien un poco más lejano, te da pena pero lo puedes superar rápidamente y seguir hacia delante. Y si es alguien completamente ajeno a ti, simplemente ni te enteras».

Con la cabeza baja me fui hacia la salida del hospital y me quedé sentado en un banco, dedicando unos minutos a pensar en lo que me había dicho Edpun. Pensaba en los buenos consejos y en las palabras de ánimo que siempre me había dado, hasta en su último momento. Que alguien te dé ese tipo de consejos quiere decir que te está regalando una parte de su experiencia, te está dando algo que sabe, y que si tú sabes y aplicas evitará ciertas incomodidades en tu vida y la hará más fácil. Por eso, cada vez que alguien me daba un consejo o me animaba con palabras yo lo valoraba como si fuese más que oro. Y de hecho lo era, cada vez que alguien me daba un consejo de ese tipo yo me planteaba que esa persona me había evitado tener que dedicar un tiempo a escoger esa elección, o pensar en algo que no merece la pena, o simplemente hacer o no hacer algo. Y eso es algo que todavía sigo teniendo en cuenta. Edpun había vivido mucho y él sabía más cosas que yo en ciertos aspectos, más experiencias de vida, no las mismas, sino otras. Por eso, yo pensaba y pensaba, y me exprimía el cerebro pensando en ello. Edpun, o mi padre, o mi hermano, mi familia, mis amigos, realmente lo que hacían era regalarme tiempo y sabiduría cada vez que me daban un consejo, ya que cada uno de esos consejos y palabras me ayudaba a vivir mejor mi vida. Era una conclusión muy interesante para mi vida.

Llevaría quince minutos sentado, pensando, cuando me llamó Laura para decirme que me vendría a buscar en otros diez minutos. Me preguntaba qué tal estaba, le decía que bien, pero que Edpun estaba muy mal. Ella me intentaba dar palabras de ánimo, pero también me entendía y me dejaba un poco de espacio para asimilarlo.

Todo el paseo en coche fue muy tranquilo, callados. Laura respetaba que necesitase mi tiempo para pensar en mis cosas, y yo, por supuesto, respetaba el suyo. Cuando entramos en la casa de nuevo, ella me dijo: «Te prometo que esta tarde te animará ver a tu hermano», le sonreía por sus esfuerzos por animarme. Laura se fue a preparar algo de comer. Casualmente, Emi me volvió a llamar diciéndome que si podía pasar esa misma tarde, que tenía muchas ganas de verme. Al final accedí, pero antes Emi, como buen hermano que es, me estuvo preguntando el motivo por el que estaba tan abatido. Le expliqué y comenté la situación de Edpun, Emi sólo podía decir lo que decían todos, que lo sentía mucho. Nunca es agradable perder un amigo.

Laura preparó una comida muy rica, pasta con una salsa de tomate y especias que estaba deliciosa. Yo preparé una ensalada ligera, no quería estar sentado sin hacer nada. Había algo distinto en todo, estaba disfrutando mucho la comida, la saboreaba mucho más que antes, la disfrutaba como si hiciese años que no probaba un bocado tan exquisito.

Después de comer nos fuimos preparando para ir a ver a Emi. Fuimos a casa de mis padres a verle ahí, y cuál fue nuestra sorpresa cuando al llegar sólo encontramos a Dama ladrando y moviendo el rabito como una loca. Cuando llegamos Laura y yo nos quedamos un poco extrañados, así que decidí llamar otra vez a Emi. Resulta que estaba en las oficinas de la empresa, trabajando, y pensaba que me había dicho de quedar ahí. Así que tuvimos que volver a coger el coche para ir a las oficinas. Estaba sorprendido de que no estuvieran ahí mis padres, pero como algunas veces hacían, se habrían ido a tomar la merienda a una famosa pastelería de la zona.

Intentamos aparcar el coche en mi plaza de garaje, pero estaba el de Emi en mi plaza, era raro que él no tuviera su plaza de *parking,* pero sabiendo que yo no la usaría todo cobraba sentido. Aparcamos en otra plaza que había un poco más lejos y fuimos caminando hacia las oficinas, todo tenía un aire muy extraño, todo estaba muy quieto. Me sentía como se debían de sentir los soldados de un ejército antes de una emboscada.

Cuando pasamos por la entrada la recepcionista me vio y me saludó con efusividad, y dijo que avisaría a Zack y a Emi de que estábamos aquí. Siempre solía subir por las escaleras, aun sabiendo que había ascensor. Y esta vez no quería hacer una excepción, quería volver a subir por las escaleras. Laura me dijo que no hiciera tonterías, sinceramente, eso me molestó, pero no le di importancia. Ella iba a mi lado, controlando que subiese sin caerme. Era muy raro, cada vez que subíamos algunos escalones parecía que el crujir de la madera se notaba más. Mientras subía le pregunte a Laura:

—¿No te parece que está todo como muy… quieto? —Ella me decía que no notaba nada raro, pero también sonreía de forma extraña. Yo le decía—: ¿Qué está pasando aquí?

Seguimos subiendo hasta la planta superior, donde por fortuna nos cruzamos con alguien.

Jerry estaba caminando con Zack a su lado mientras comprobaban unos informes, parecía que estaban muy ocupados. Pero cuando nos vieron dejaron lo que estaban haciendo y se acercaron rápidamente a saludarnos. Zack estaba muy alegre y pletórico, y Jerry se alegraba mucho de verme. Me pidió disculpas por no haber pasado más veces a verme al hospital. Le dije que no tenía importancia, sabía que tenía mucho trabajo. Jerry vino a verme dos veces, una de ellas yo estaba completamente dormido, fue uno de los primeros días, y la otra vez justo me tenía que ir a rehabilitación. Como siempre había pensado, Jerry era un buen tío. Zack no paraba de decirme que Emi estaba haciendo unos trabajos maravillosos mientras Jerry asentía. Ambos estaban muy impacientes, mi buen amigo no hacía más que repetir: «Tienes que ver el proyecto que estamos acabando. Es lo último, es lo último. Te va a encantar». Zack me comentaba que Emi estaba terminando los últimos retoques de ese proyecto y que esperaba que lo pudiésemos ver juntos antes de lanzarlo. Yo les dije que por supuesto, que si querían me podía pasar a verlo en un par de días. Zack dijo que claro, que cuando yo quisiera.

Después de esos momentos de emoción le pregunté dónde se encontraba Emi, habíamos quedado y le andábamos buscando. Me dijo que estaría abajo, en la primera planta, donde se realizaban los primeros proyectos, y donde, curiosamente, Emi disfrutaba muchísimo. Antes de que bajase dijo:

—Dejo unas cosas en el despacho y os acompaño.

Jerry se despidió de nosotros y dijo que tenía que hacer algunos recados y que volvería dentro de un par de horas. Laura me miraba y me decía:

—Están todos muy alterados, ¿no te parece?

Le contesté:

—Sí, sí, es todo un poco raro.

A los pocos segundos Zack estaba con nosotros.

—Bueno, ¿y qué tal te las apañas con las muletas? —me preguntaba con toda la confianza del mundo.

—Sin problema, es un poco estorbo algunas veces, pero bueno, mejor con ellas que sin nada je, je, je.

Zack miraba sorprendido por mi positividad, se alegraba mucho de verme, y sobre todo de verme tan bien y tan contento, según me decía. Bajamos por las escaleras por las que habíamos subido antes. Mi pierna temblaba un poco por el cansancio, así que Zack me tuvo que sostener un poco mientras bajábamos.

—Todavía me canso mucho...

Él movía la cabeza de arriba abajo, como queriendo decir que me entendía. Llegamos a la puerta del taller y fuimos a entrar. Zack iba a abrir la puerta, pero unas hojas se le cayeron al suelo muy torpemente, yo reí un poco para mis adentros. Laura, que iba delante de mí, abrió la puerta y me cedió el paso para entrar en la habitación.

Una de las mejores y más grandes sorpresas de mi vida. Todos estaban ahí de pie, todos. Mis padres, mis hermanos, sus parejas, mis amigos, mis empleados, Jerry, incluso mis sobrinos. Atónito y boquiabierto, observaba a todos. Laura, a mi lado, sonreía y lloraba de felicidad. Zack entró detrás de mí y me puso una mano en el hombro, me miró y me guiñó un ojo mientras dejaba caer en el ambiente unas explosivas carcajadas: «Ja, ja, ja, ja, ja, ja, ja». Todos me miraban y se acercaban a verme y a saludarme entre un murmullo enorme compuesto de risas y de aplausos.

Emi fue el primero, se acercó y le dije:

—¡Qué sorpresa más grande!

Él me miraba y me decía:

—Pues esto no es nada. —Mientras levantaba ambas cejas, como diciendo, ya verás ahora.

Mis padres estaban expectantes mirando a toda la gente. Emi se me acercó más, me quitó las muletas y él, con ayuda de Marcus, que también estaba ahí, uno a cada brazo, me ayudaron y me llevaron enfrente de una mesa. En esa mesa estaba Mara, la novia de Emi, con unas cuantas personas que no conocía de nada. Emi se puso a su lado y dijo:

—Bien, ¿todo listo? —Miró a las personas que tenía a su alrededor y dijo—: Aquí lo tienes. Nos ha llevado mucho trabajo, pero lo hemos logrado.

No tenía ni idea de a qué se refería, me puse muy nervioso. Emi estaba sacando con ayuda de Zack una caja metálica bastante grande y pesada con un lazo, la pusieron encima de la mesa y dijeron: «Ábrela». Paralizado por la emoción y completamente sorprendido miré a mi hermano y luego la caja, quité la tapa y ahí estaba.

Para mis ojos era simplemente perfecta, una pierna tecnológicamente perfecta. Mis ojos la analizaban con todo mi rigor científico y con toda la ilusión de un niño con el mejor juguete que sus padres podrían regalarle. Emi comentaba los aspectos más técnicos de la pierna mientras echaba un vistazo rápido a Zack, a Mara y a la gente que tenía a su lado. De hecho, no era una simple pierna ortopédica, para nada. Emi se había encargado de diseñarla con la ayuda de Mara, que como he mencionado antes, había estudiado medicina y se había especializado en neurociencia.

Emi había desarrollado todo el proyecto, desde el inicio. La mecanización y el desarrollo tecnológico se habían puesto en manos de Zack y Emi. Ellos habían contratado a un equipo especializado de neurocientíficos amigos de Mara que podían llevar a cabo la parte del proyecto que conectaba la parte mecánica de la ortopedia con el cerebro y el sistema nervioso del usuario para que la pierna no sólo fuera una ortopedia sin movilidad, sino un hito en biotecnología aplicada que permitiera que la pierna se moviese sólo con pensarlo, tal como lo haría una persona con ambas extremidades. Todas estas palabras que Emi iba comentando se iban guardando, una por una, en mi mente, en mis recuerdos, no las quería olvidar nunca, yo aún seguía atónito. Tanto por la primera sorpresa en la que todos me esperaban, como en la que me mostraban la «obra de arte». No podía decir nada, literalmente no podía hablar, las palabas no salían, la boca se movía, mis labios, mi lengua intentaban buscar la posición para decir algo. Emi, abrazado a Mara, me miraba orgulloso junto con Zack. Estaban esperando a que dijera algo pero no podía. Levanté los ojos, me temblaba todo el cuerpo, y al final, al cabo de unos largos segundos observando la perfecta obra, miré a Emi, a mis padres, y no pude soportarlo más, bajé la cabeza y rompí a llorar de alegría y de emoción tal como lo haría un niño.

Mabel, que estaba a mi lado, me puso una mano en la cabeza y me susurraba al oído que me querían mucho y que siempre harían todo lo posible para que estuviéramos todos bien. Después del susurro comenzó a abrazarme mientras empezaban a llegar Laura, también emocionada, mi madre, mi padre y luego todos. Cada uno con un efusivo y fuerte abrazo, incluso los empleados. Zack, que estaba cerca de mí, decía: «Oye, pero si quieres seguir con las muletas…». No pude evitar reírme de pura alegría al oír a Zack bromear con eso. Todo era perfecto.

Pasaron varios minutos hasta que saludé prácticamente a todos. Un servicio de *catering* había empezado a repartir bebidas y comida por algunas de las mesas que había, y la fiesta estaba siendo muy divertida. Emi iba y venía, hablaba con Zack y con Sara, que también estaba con él, con Mara, que comentaba algo con el grupo de neurocientíficos, con mis padres, con todos. Me gustaba verle hablar con todos, tal como hacía yo antes, cuando trabajaba, Emi estaba realizando su labor a la perfección.

Mis padres estaban muy alegres, mi hermana y Marcus, que estaban con mis sobrinos, Alfredo y Calia, estaban hablando mucho entre ellos y con Zack, Jerry, etcétera. Yo también fui a compartir estos momentos con mi familia. Le pregunté a mi padre cómo se encontraba, ya que había estado algo enfermo todo este tiempo atrás. Él me decía que bien, que se encontraba mejor, que se haría unas pruebas estos días y que esperaba que todo saliese bien. Mabel abrazaba con mucha alegría a Laura mientras le preguntaba si ella sabía algo. Me sorprendía cada día más, Laura había podido mantener esa sorpresa desde hacía un par de semanas, cuando el proyecto estaba terminando. Eso era todo un logro.

De vez en cuando mis sobrinos se acercaban y me decían que iba a ser como una especie de robot, nos reíamos mientras yo les decía que no iba a ser una especie de robot, que iba a ser el robot de la familia.

Emi, al cabo de unos momentos, me llevó del brazo a otro rincón de la habitación algo más despejado junto con Zack y me preguntaba que qué me parecía. «Increíble, increíble. Un trabajo impresionante». Emi me comentaba que mañana podía probármela, teníamos que hacer un par de ajustes según mi tamaño y los daños del accidente en la pierna, y mañana podríamos probarla. Yo le preguntaba si era necesario algún tipo de cirugía para ello. Ellos decían que no, que no me preocupase. Esta neurotecnología aplicada se había desarrollado para trabajar con la interpretación de las señales del cerebro y del sistema nervioso, se había investigado y desarrollado todo a la perfección. Unos sensores extremadamente avanzados que se colocaban tanto en el extremo de la pierna como en la parte anterior del cráneo hacían que ésta pudiera «leer», prácticamente, tu mente para interpretar las señales que recibía y transformarlas en movimiento. Dichos sensores habían sido desarrollados en conjunto con el equipo de neurocientíficos. Era impactante ver tanta tecnología perfectamente aplicada.

Emi y Zack me comentaban que este proyecto había abierto una nueva ventana en la empresa y que el equipo de Mara había trabajado realmente bien, por lo que habían pensado en consultarme, tal como lo estaban haciendo, antes de crear un departamento completamente nuevo en el que poder desarrollar todo esto. Habían pensado en denominarlo «Biónica aplicada». Según sus estimaciones, ese sector estaba muy poco desarrollado actualmente, y creían que podrían hacer mucho bien desarrollando este tipo de tecnología. Yo les decía que me parecía una idea brillante y que lo podríamos hablar con más calma mañana o un día de esta semana. Zack, con un gran salto, dijo: «Venga, vamos a darnos un abrazo los tres». Emi y yo nos reíamos mientras Zack, con cara de loco, como en sus mejores tiempos, empezaba a canturrear una canción.

Desde luego, no se podía decir que Zack no estuviera contento... bueno, los tres lo estábamos.

Iba pasando la tarde y todos comentábamos anécdotas y demás historias, me alejé un segundo del gran grupo de personas que formaban un círculo y me busqué una silla alejada de toda la gente. Por sorpresa vi a mi padre sentado a solas, parecía que estaba sonriendo mientras nos miraba a todos. Me acerqué a él dando saltos a la pata coja mientras iba colocando la muleta bien para poder avanzar más rápido.

Me senté junto a él y me dijo:

—Qué feliz me hace veros a todos así. Tan contentos, felices.

Ambos mirábamos el amplio grupo de gente. Dije:

—Ha sido una grandísima sorpresa. —Veía que mi padre sonreía.

Comentamos las caras de unos y de otros, cómo bailaban, y algunos temas sin apenas importancia.

Mi padre miraba a mi madre fijamente y sonreía, ella disfrutaba muchísimo con estas reuniones familiares. Al final me dijo:

—Tú cuida siempre bien de tu familia. Ellos no te fallarán nunca y tú no debes fallarles.

Le miraba y le confirmaba con fuerza:

—¡Pues claro!, lo sé, papá.

Mientras, él mostraba unos ojos que se movían por aguas de incertidumbre.

—Ese amigo tuyo, Zack, también parece un chico estupendo, y se ha preocupado mucho por ti en todo este tiempo. Cuídale bien, no se encuentran amigos así fácilmente.

Parecía que estuviese valorando decirme algo hasta que, por fin, con cara muy seria, me lo contó. Hace unas cuantas semanas, ésas en las que se encontraba un poco mal, según me dijo fueron al médico por unas pequeñas molestias en el costado. A mis hermanos y a mí nos habían dicho que era por algo en el estómago, como una especie de corte de digestión o algo parecido, pero no era por eso. A mi padre le estaba molestando el costado por un problema en el hígado. Mientras me lo contaba me decía que no me tenía que alarmar, que habían ido al médico y que le habían recomendado un tratamiento, con eso parecía que él estaba mucho más aliviado y que el dolor remitiría, pero según dijo tendría que mantener el tratamiento siempre. Decía que lo que le habían detectado era una especie de bacteria que está en nuestro cuerpo de forma natural, controlada, pero que si se desarrolla en exceso puede resultar perjudicial, peligrosamente perjudicial... También los médicos decían que si se hubiese detectado antes, haciendo controles rutinarios, se podría haber evitado, pero que dada la situación actual, lo único que había que hacer era confiar en el tratamiento y esperar que todo saliese bien.

Esta noticia me sobresaltó bastante, no tenía ni idea, y todo esto me hacía ver que tan pronto uno está alegre, se puede venir abajo. Pero mi padre, derrochando su alegría, siempre encontraba las palabras para animarme o hacerme estar de buen humor. Me decía que me lo contaba porque realmente él pensaba que era una buena noticia, se escudaba diciendo: «Hijo, una mala noticia sería si no existiese un tratamiento». Después me empezaba a decir que él ya tenía una edad y que sería normal ir encontrándose con estas cosillas. Unas veces uno se pone enfermo, otras no, otras hay que tratarse y otras uno se recupera.

Mi padre me lo decía de tal forma que parecía lo más normal del mundo, decía que el tratamiento no era muy fuerte, lo único era que se tenía que tomar una pastilla por la mañana y otras por la noche todos los días. Cuando lo decía así realmente no parecía nada grave, pero en lo más profundo de mí sabía que mi padre tampoco nos quería preocupar con esas cosas. Yo le insistía en que fuéramos al médico en otro hospital, otra opinión, pero él me decía que ya habían hablado con varios, este problema no era algo nuevo, y con el tratamiento se podría sobrellevar bien y haciendo vida normal.

Mi padre, después de contarme eso, se excusó y fue al lavabo. Yo me quedé sentado solo en la silla. La efusividad de instantes antes contrastaba con el sentimiento y miedo de que algo le pudiera pasar a mi padre, e incluso a mi familia. De repente estaba muy preocupado, preocupado por esas cosas que van pasando y que uno no puede controlar. Todo puede parecer marchar bien, pero algo puede pasar. Muchas veces consiste en verlo todo desde un prisma positivo, intentar ver el lado bueno de las cosas. Entonces recordé la frase que mi padre me dijo un momento antes: «Una mala noticia sería si no existiese un tratamiento». Podía sentir cómo esa frase y los consejos que me habían ido regalando convertían mi sentimiento de desánimo en ánimo, empezaba a ver las cosas con más alegría de nuevo.

Como si fuese magia, de repente me encontraba dialogando conmigo mismo entre mis pensamientos. La mayor parte de las cosas que pensamos que son negativas en nuestra vida y que nos hacen deprimirnos y venirnos abajo suelen ser cosas nimias o sin demasiada importancia, o con poca relevancia en lo que respecta a lo que verdaderamente debería importarnos. Cada uno tiene sus valores, pero desde luego, para casi todos, lo realmente importante en nuestra vida es la salud, y si no estás de acuerdo te invito a hacer un pequeño ejercicio mental: ponte en una situación en la que estás, por ejemplo, sentado en un parque mirando un escenario precioso en el que la luz del sol ilumina el agua de un estanque, solamente ensombrecido por un enorme árbol con sus hojas formando una enorme masa verde en su conjunto, por la cual los rayos de luz atraviesan y rebotan en el agua, deslumbrando al azar el resto del paisaje con destellos y centellas. Con el sonido del viento moviendo las hojas, llevándolas de un extremo de tu visión al otro. Bien, ¿lo tienes? Ahora imagina que tienes un simple y pequeño molesto dolor de cabeza con el que la luz y el ruido te molestan. Con el que no puedes disfrutar tan siquiera del paisaje porque incluso el más mínimo reflejo de la luz en el agua te produce un malestar y un pinchazo en la sien, y con el que el sonido más pequeño se convierte en un ruido nefasto que te hace cerrar los ojos y querer no escuchar nada.

Por eso opino que la salud, eso que nos hace estar realmente saludables, es en lo que debemos pensar cuando realmente creemos que algo malo nos ha pasado. La percepción de todo lo que nos rodea depende, en gran parte, de nuestro estado de salud. Con esto no digo que uno no se pueda poner triste o alegre independientemente de su estado de salud.

Cuando uno piensa en algo que es negativo puede parecer que todo se va convirtiendo en negativo, como una marea negra que va cubriendo cada pensamiento, con espesor, oscuridad y opacidad. Pero cuando eres capaz de visualizar las cosas como realmente son, sin perder esa positividad, es como si una pequeña brizna de viento y de luz levantase una pequeña parte de esa marea negra, y a partir de ahí, como si fuese la raíz de una planta hecha de luz, empezase a expandirse por tu mente, revelando lo bello de la vida.

No digo que sólo haya una cosa importante y que lo demás dé igual, sólo pienso que hay que relativizar cada cosa dándole su importancia real y no desesperar, porque la vida te puede sorprender de una forma que ni tan siquiera somos capaces de imaginar.

Justo cuando terminaba de concluir mis pensamientos mi madre apareció y se sentó a mi lado, sin que apenas me enterase, y me dijo que no me preocupase por mi padre, que era muy fuerte y que no le iba a pasar nada. Mi madre me besó en la mejilla. Hay cosas y sentimientos en la vida que sólo te puede proporcionar una persona, mi madre era la única que podía darme un beso en la mejilla y llenarme de ánimo. Le dije:

—Mamá, ¿qué te parece si vamos con los hermanos y nos cuentas alguna historia de cuando éramos pequeños?

Ella me miraba y sonreía.

—Claro que sí.

El resto de la tarde fue sucediéndose entre alegría, sonrisas, carcajadas y algún que otro batacazo al intentar bailar un poco. Todos se preocupaban mucho, Zack y Emi no paraban de decir que sólo tenía que esperar un día, que después vería cómo podría bailar sin ningún problema.

Poco a poco la oficina se iba vaciando: primero se fueron los empleados con menos relación; luego, los más trabajadores y los que solían hacer la pelota; después se marcharon los neurocientíficos amigos de Mara; al cabo de bastante rato se fueron Jerry, J. Philip y Jay. Hasta que al final quedamos mis padres, Mabel, Emi, Laura, Alfredo, Calia, Marcus, Mara, Zack y Sara. Ya era bien entrada la noche y todo había sido perfecto. Yo tenía unas ganas incontrolables de tener la pierna bajo control.

Mis padres empezaron a decir que se iban a ir ya a casa, Zack y Sara aprovecharon para decir lo mismo. Yo les detuve a todos a tiempo y les dije que me prestaran un minuto de atención. Comencé diciendo:

—Hace mucho tiempo, justo la misma noche del accidente, habíamos pensado en organizar una cena familiar. Pero, debido a mi accidente, no pudimos celebrarla. —Todos se quedaron algo serios—. Dado que mañana va a ser un día especial y todos estamos aquí reunidos, me gustaría mucho invitaros a todos a cenar. El restaurante al que iremos lo podemos decidir ahora o podéis dejármelo a mí. —Les guiñé un ojo y con tono jocoso, sonriendo y haciendo una reverencia, concluí—: Eso es todo lo que os quería decir, damas y caballeros.

Todos rieron y se acercaron a charlar un poco más. Empezamos a hablar sobre el restaurante y todo eso, Laura me decía que tenía muchas ganas de ir a uno del que había oído hablar muy bien, y como a los demás parecía agradarles esa idea decidimos ir a ése. Al final, fuimos caminando todos al *parking* donde habíamos dejado los coches y nos despedimos con muchos besos y abrazos repartidos entre todos y cada uno de los miembros de la familia y de los amigos. Todos se lo habían pasado de maravilla y estaban muy alegres.

Laura condujo con calma hasta llegar a casa, me decía que lo había pasado de maravilla. Llegamos a casa y fuimos a la habitación mientras Laura llamaba a mis padres para confirmarles que habíamos llegado bien, ellos le dijeron que mis hermanos también habían llegado bien. Vino al baño a decírmelo mientras yo me lavaba los dientes. Cuando terminé con mi aseo personal escuché el timbre de mi teléfono móvil. Me había llegado un mensaje, era Zack, estaba muy contento de verme tan bien y decía que habían llegado bien a casa, que descansase, que mañana podría correr otra vez. Por último, finalizaba el mensaje poniendo: «Gracias, amigo». Enseguida le contesté enviándole un mensaje en el que sólo ponía: «Gracias a ti ;-)». Luego escribí otro mensaje a mi hermano: «Es increíble lo que has hecho por mí. Muchas gracias, hermano, eres el mejor».

Laura terminó de lavarse los dientes y vino a la habitación, caminaba semidesnuda mientras se iba poniendo el pijama. Yo, absorto por su belleza, me intentaba desvestir, pero apenas podía. Estaba extremadamente asustado y excitado, me daba miedo que Laura se asustase al verme así, pero a la vez quería que me viese. Ella me cogió la cara con ambas manos y me dijo: «Me gusta tal y como eres y siempre va a ser así». La besé con mucho cariño y pasión, ella lentamente se dejó caer en la cama, ayudándome para no perder el equilibrio con nuestros labios uniendo nuestras almas. Fue lo más perfecto del mundo.

La miraba semidesnuda, era tarde y el sueño se iba apoderando de mí. Había sido un día muy largo, muy intenso y muy emocionante. Laura estaba dormida, los ojos cerrados, tumbada de costado hacia mí. Era preciosa. Si me iba a quedar dormido, quería que fuese su rostro lo último que viese hoy y lo primero que viese mañana al despertar. Su cadera se apoyaba en mi mano, pero no me importaba, podía sentir el calor de su cuerpo apoyado en mí y me gustaba.

Los párpados me pesaban cada vez más y más, abría los ojos y la miraba, se me cerraban los ojos de forma involuntaria y los volvía a abrir. El sueño era cada vez más fuerte, como si alguien me atrapase con una gran red y me llevase hacia los rincones más personales de mi mente. La miré una vez más y de repente todo se convirtió en oscuridad. Como si fuesen piezas de un rompecabezas de mi mente y esas piezas cayesen sobre un fondo negro, yo veía cada imagen, cada recuerdo, cada pensamiento e incluso podía ver cada sentimiento de mi vida.

Creí abrir los ojos y verla, por fin me quedé dormido.

Capítulo 17

Mi nueva vida

Todo era distinto esta mañana, era extrañamente distinto, pero a la vez resultaba familiar. Todo cobraba una tonalidad blanca diferente y muy intensa. Abría los ojos y apenas alcanzaba a ver nada. No entendía nada. Lentamente, unas luces empezaron a surgir, colores, una brizna de luz, leve y ligera como una nube. Apenas sentía nada y me costaba pensar. Quería ver a Laura delante de mí tal como la vi antes de quedarme dormido. De repente, un ruido de fondo, indescriptible y apenas audible, iba cobrando fuerza.

La luz me empezaba a empapar y me permitía ver, poco a poco, lo que había alrededor. La luz, como un hilo que se ensanchaba, se fue haciendo más y más intensa mientras mi cabeza iba procesando todo lo que veía. Una luz blanca se apoderaba de todo lo que antes era oscuridad. La luz blanca borrosa e indefinible pasó a mostrar sombras mientras empezaba a sentir el peso de los párpados y los músculos de la cara. Las sombras no hacían nada, sólo mirarme, no reconocía nada. No sabía qué era todo aquello.

Estaba inmerso en una situación extrañamente familiar.

Giro la cabeza hacia el lateral de la cama y sólo alcanzo a ver una melena apoyada prácticamente en mi brazo, creo que es Laura. Poco a poco voy vislumbrando entre sombras dos figuras más, mis padres, luego otra, mi hermano. Mi visión se va aclarando por completo y puedo ver al final de la habitación a mi hermana, están todos.

Parece que nadie se haya dado cuenta de que poco a poco voy abriendo los ojos, aunque realmente lo que no sé es si los he tenido abiertos todo el rato, pero es ahora cuando puedo empezar a ver.

Me siento muy entumecido, el cuerpo muy pesado y tosco. Intento recobrar la consciencia de dónde estoy, intento recordar qué pasó el día anterior, pero mis recuerdos se van difuminando y la realidad se va apoderando de todo. Como si de una experiencia revivida se tratase, intento recordar con más fuerzas dónde estoy y qué ha pasado. Sólo puedo sentir cómo un pequeño azote de viento hace volar un recuerdo de una historia pasada. Por fin abro los ojos, están todos ahí. No sé cuánto tiempo ha pasado, no tengo ni la más ligera percepción del tiempo que ha pasado

Laura sigue sentada a mi lado, con la cabeza apoyada en la cama y cogiéndome la mano, dándome calor, un calor familiar. Mi padre y mi hermano están hablando con un doctor, y mi hermana y mi madre están hablando entre ellas, hasta que me ven mover los ojos y avisan a los demás. Levanto muy despacio los brazos y veo que los tengo «bien», el derecho parece que sólo tiene algún arañazo y moratón, y el izquierdo está escayolado, pero lo puedo mover..., por lo menos me responden. Una consecución interminable de imágenes sacude mi cabeza haciendo que lleve una de mis manos a la sien. Las imágenes muestran el brutal impacto, todo girando, hasta que finalmente recuerdo, como si alguien me inyectase dolor a presión, cómo el girar se detiene violentamente.

Siento que tengo algunos dolores por el costado, una escayola cubriendo el brazo izquierdo y más golpes por el brazo derecho en su mayoría. Según voy mirándome las manos muevo los dedos. Después de unos pocos segundos intentando aclararme, miro a mi familia y pregunto:

—¿Qué pasa?

Nadie contesta, mi hermano me dice:

—No te muevas mucho, descansa. —Mientras me pone una mano cariñosa en el hombro.

Cuando intento incorporarme apoyo las manos y mi hermano me echa una mano. Empujo con el brazo mientras él me ayuda por el otro lado a la vez que intento doblar las rodillas para recostarme. En la pierna izquierda la escayola apenas me permite moverme y sólo puedo sentir el previsible contacto del colchón y de las sábanas en la punta de los dedos del pie izquierdo. Podía recordar vagamente lo que venía a continuación..., pero no quería.

El miedo más atroz y el acongoje más intenso que había experimentado empiezan a hacer galopar con tanta fuerza mi corazón que parecía que iba a salir por el pecho de un salto. Todo cobraba sentido ahora, sabía dónde estaba, sabía lo que me había pasado y sabía lo que venía ahora como si todo esto ocurriese de forma automática y premedita.

Tembloroso, con miedo, con pavor, exageradamente asustado, decido hacerlo. Con fuerza agarro la sábana que me cubre, mi familia me mira atónita a la vez que se acerca para impedir el movimiento que inevitablemente voy a hacer. Con la mano derecha quito repentinamente la sábana que me tapa. Acto seguido, lo que mis ojos ven causan en mí la alegría más grande vivida hasta ahora en mi vida. Una ola de tranquilidad, euforia y alegría recorre cada centímetro de mi cuerpo como una exhalación o un escalofrío, como un hielo por mi espalda, como un abrazo que me cubre enteramente.

Un regalo del mundo me devolvía a la cama del hospital. Una sonrisa enorme saludaba a mi familia, estaban todos, aún seguía algo desorientado, pero lo que tenía claro era que en ese momento era una de las personas más felices del mundo a pesar de tener una pierna rota y la otra totalmente anestesiada por los intensos golpes recibidos en ella y por todo el cuerpo, así como por las múltiples fracturas.

El médico se me acercó para decirme algo, pero yo, casi respingando en la cama, miraba detrás de él para ver a mi familia y a Laura. Estaba muy excitado y emocionado. Yo gritaba eufórico:

—¡Estoy aquí, estoy aquí! —Todos estaban muy extrañados por mi reacción, mi padre me sonreía con cierto miedo mientras yo decía más alto—: ¡Mira, Emi, mira! Tengo mi pierna.

La emoción iba desbordándome, todo lo que decía se convertía en lágrimas mientras yo intentaba explicarme a los demás entre sollozos.

—He tenido un sueño... una pesadilla... perdía la pierna... ¿Papá, estás bien? ¿Y mamá?... Emi, tenemos que hablar... ¿Y mi hermana?... Laura, eres preciosa...

No podía aguantar más todo lo que mi cabeza estaba asimilando, empezaba a sentir cada episodio que había sufrido en el sueño, todo era tan real. Me callé, ensimismado por todo lo que había pasado. Cerraba los ojos de nuevo, pero mi sonrisa sobrevivía a todo.

A las pocas horas me despertaba otra vez, repuesto de la emoción. Probablemente cualquier persona que me viera levantarme así se sorprendería, incluso podrían pensar que estaba loco. Pero lo cierto es que hay situaciones en las que no importa lo mucho que te las cuenten, tienes que vivirlas para entenderlas. No somos capaces de hacer un ejercicio de imaginación tan grande, en el que intervengan tantos factores, como para hacer una recreación tan leal a los hechos que hayan podido marcar la vida de una persona.

En la habitación Emi se me acercaba y junto con mis padres me preguntaba si estaba bien, si necesitaba algo, sólo les pedía un poco de agua y que no se alejasen. Estaba muy feliz a pesar del dolor que rebotaba por todo mi cuerpo. Pero sólo era dolor físico, lo podía aguantar. El doctor volvió a entrar en la habitación y decía que nunca había visto a nadie despertarse tan eufórico en mi situación. Yo le decía que cuando uno está vivo siempre debería despertarse alegre.

El doctor pasó a dar el parte de mi estado, tenía múltiples fracturas, contusiones, golpes, etcétera, pero decía que en unas semanas me recuperaría. Lo peor era la pierna, la izquierda, tenía algunas roturas, pero el médico decía que se recuperaría bien. Sólo tenía que estar un par de semanas en el hospital dejando asentar la escayola y recuperándome de las heridas, y enseguida podría salir con unas muletas, apoyando, esta vez, el peso de mi cuerpo en la pierna derecha mientras esperaba el momento preciso para quitarme la escayola de la pierna izquierda.

Cuando el doctor se hubo marchado hablé a solas con mi hermano, le dije que quería que nos reuniésemos con Zack lo antes posible. Tenía algo muy importante que decirles. Emi me decía que no había problema, que lo hablaríamos cuando quisiera. En ese momento lo que no quería era dejarlo pasar, quería decírselo ya.

El tiempo iba pasando, los días y las horas, y todos venían a verme, a los más cercanos, como mi familia y Laura, les contaba por encima lo que me había pasado, lo que había soñado, lo que había vivido. Emi parecía el más sorprendido, ya que la historia que contaba encajaba perfectamente con la realidad en lo que correspondía a él y a Mara. Zack iba y venía para poder realizar algunos trámites para la contratación de Emi, Mara y la creación del nuevo departamento.

La recuperación y rehabilitación de entonces fue mucho más llevadera que la otra experiencia que yo creí vivida, y para mí lo era. Era como si de esa experiencia que no viví físicamente, sino mentalmente, provocada y creada expresamente por mi cerebro, hubiese aprendido multitud de cosas y ahora pudiese aplicarlo en mi vida.

En mi rehabilitación no me crucé con una enfermera llamada Jacky, más bien con un enfermero llamado Tomás, que no era tan simpático como ella, pero que era bastante eficaz, ya que la recuperación fue mucho más rápida. Tampoco conocí a un tal Edpun, no vi a nadie parecido. Me resultaba curiosa la creación de esos personajes, parecían fieles, y sobre todo parecían muy reales. Aunque es cierto que cuando sueñas algo, da igual el qué, todo te parece muy real. Aunque estés volando por el cielo o estés sentado hablando con alguien en una oficina y esa oficina se convierta en una canoa. Todo eso tu cerebro lo aleja de la realidad, sólo hace que tú te lo creas todo. Tu percepción de lo real es completamente manejada por tu yo más íntimo y no tienes forma de darte cuenta hasta que te despiertas.

Estando en el hospital les dije a mi padre y a mi madre que quería que fueran al médico y se hicieran unas pruebas para saber qué tal estaban. Un chequeo completo, quería que analizasen su estado de salud a la perfección. Así que nada más salir del hospital nos dirigimos al centro al que iríamos todos los miembros de mi familia a partir de ahora.

Nada más salir del hospital realizamos una gran cena familiar a la que también asistieron Zack y Sara. Fue estupendo, como nunca había imaginado. También en esos primeros días acompañé a mis padres al centro a hacerse el chequeo médico.

Mientras esperaba por el hospital a que les realizasen las pruebas estuve caminando por los pasillos del hospital, recorriendo paso a paso cada sala a la que se podía acceder. Como si algo me fuese indicando por dónde tenía que ir. Caminé y caminé por los largos pasillos mientras olía ese olor tan particular de los hospitales hasta que llegué, por pura casualidad, o no, a la sala de rehabilitación. Había varias personas haciendo muchos ejercicios de recuperación, una de ellas, una persona mayor, me llamó mucho la atención. Un hombre con el pelo blanco y ojos marrones con una mirada cansada. Me miró durante un instante, yo le miraba como cuando miras a alguien que pasa delante de ti. Ese hombre me miró, sus ojos se iluminaron y, como si fuese otra persona, me hizo exactamente el gesto que me hizo Edpun cuando nos conocimos. Parecía que en un pequeño segundo se había transformado, su aspecto incluso me recordó a Edpun. Estaba perplejo, no podía creerlo, parecía Edpun, pero físicamente no era él, no podía estar tampoco seguro, no recordaba las caras con claridad. Así que, para salir de dudas, y viendo que ese hombre se encontraba solo, probablemente esperando a algún enfermero, me acerqué. Le saludé de forma educada y le pregunté si conocía a alguna persona llamada Edpun por aquí. Con un tono educado y agradable el señor me dijo que no, y luego, de forma cordial, me dijo que se llamaba Rob. Hicimos las pertinentes presentaciones y estuvimos hablando durante unos minutos. Era una persona encantadora, y su forma de ser me recordaba muchísimo a Edpun, de hecho, yo estaba convencido de que una parte de él era Edpun. Así que decidí visitarle con cierta frecuencia en el hospital y animarle para que se recuperase. Es una persona encantadora y con la que llevo, actualmente, una relación de amistad. Tanto con él como con su familia.

En cuanto a mi familia, Mabel venía a verme con mis sobrinos y Marcus. Primero al hospital y luego a casa. Mientras tenía que hacer las rehabilitaciones, Marcus me dejaba revistas de motos y coches para leer en el hospital, al igual que lo hacía en mi «vivencia». Yo me reía para mis adentros. A Mabel y a Marcus todo les estaba yendo de maravilla, juntos crecían y hacían crecer la familia. Era bonito verlos así.

En cuanto a Emi, Mara y Zack, bueno, qué decir tiene que actualmente trabajamos todos codo con codo. Tenemos un departamento de biónica aplicada, hemos vuelto a ser pioneros. Jerry ha pasado a encargarse de varios proyectos, ya que no hemos descuidado ni un ápice el origen de nuestra empresa. Pero lo cierto es que mi hermano, en la parte correspondiente a la empresa, está haciendo maravillas, tiene ideas muy innovadoras. Tantas y tan buenas que yo daba por seguro que él sería un pilar básico del negocio. El campo de la ortopedia se vio literalmente innovado gracias a nosotros. Todo había ido de bien a mejor.

Emi y Mara, en lo personal, se habían ido a vivir juntos, en la misma zona en la que vivo yo con Laura, era perfecto. Incluso Zack y Sara también estaban viendo alguna casa cerca para comprársela.

Laura y yo estamos muy felices juntos, todo marcha bien. Toda mi familia sabe a grandes rasgos qué es lo que me pasó, saben qué es lo que viví, pero sólo saben algunas cosas. No porque no se las quisiera contar, sino porque no soy capaz de recordarlas y decirlas todas a la vez.

Yo, mientras, escribo este libro para reflejar todo lo que he podido ir recordando de esa experiencia vital. Buscando que todo quede reflejado y que pueda hacer que la gente se haga una idea de que por mucho que se tuerzan las cosas la vida te puede sorprender, que debemos valorar la vida cada día, que no hay que darse por vencido y que podemos aguantar mucho, podemos aguantar todo lo que nos venga.

De manera que si alguien te pregunta: «¿De quién es esa historia?», tú puedas contestarle con mi nombre.

Índice

Este libro se terminó
de imprimir en el mes de
junio de 2015

opera **prima**
www.edicionpersonal.com